波莉和狼

Bō lì hé dà è láng de gù shi

波莉和
大饿狼的故事

〔英〕凯瑟琳·斯托尔 著 施红梅 译

注音版

人民文学出版社
PEOPLE'S LITERATURE PUBLISHING HOUSE

著作权合同登记号　图字 01-2018-1748

By Catherine Storr
Title：Tales of Polly and the Hungry Wolf
Copyright © Catherine Storr，1980
Simplified Chinese copyright © Shanghai 99 Readers' Culture Co.，Ltd. 2019
ALL RIGHTS RESERVED

图书在版编目(CIP)数据

波莉和大饿狼的故事/(英)凯瑟琳·斯托尔著；
施红梅译.—北京：人民文学出版社，2018(2020.6 重印)
(波莉和狼)
ISBN 978-7-02-014246-0

Ⅰ.①波…　Ⅱ.①凯…　②施…　Ⅲ.①儿童小说-中
篇小说-英国-现代　Ⅳ.①I561.84

中国版本图书馆 CIP 数据核字(2018)第 088109 号

责任编辑　卜艳冰　杨　芹
装帧设计　李　佳

出版发行　人民文学出版社
社　　址　北京市朝内大街 166 号
邮政编码　100705
网　　址　http://www.rw-cn.com
印　　制　山东临沂新华印刷物流集团有限责任公司
经　　销　全国新华书店等
字　　数　84.5 千字
开　　本　720×1000 毫米　1/16
印　　张　10.25
版　　次　2019 年 1 月北京第 1 版
印　　次　2020 年 6 月第 5 次印刷
书　　号　978-7-02-014246-0
定　　价　33.00 元

如有印装质量问题,请与本社图书销售中心调换。电话:010-65233595

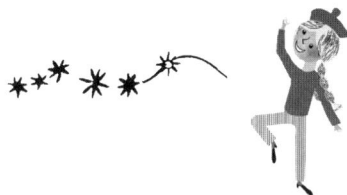

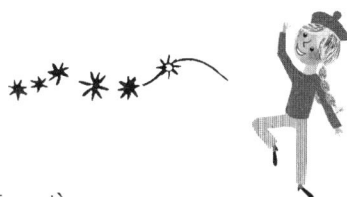

被施了魔法的波莉

大黑狼闷闷不乐地坐在厨房里。曾经，他也有过快乐的日子，比如那次他抓到了波莉，还把她锁在了这个厨房里，虽然很短暂。如今能安慰他的，只有那个几乎空掉的食品柜，和他的小小的图书室，里面摆放着布满爪子印迹的图书。他现在读的书就是其中的一本。

在大黑狼读过的书里，聪明的动物总是能抓住漂亮的小女孩，有时会让她们充当仆人，有时会把她们变为妻子，但有时也就是想要吃掉她们。令人失望的是，尽管老虎、狮子、龙、狐狸、狼和其他动物似乎不费吹灰之力就能抓住猎物，但是

它们中的多数都没能成功守住猎物。漂亮的小女孩总会在最后一分钟成功地设计逃脱，在大黑狼看来，女孩们使用的伎俩并不光明正大。

大黑狼现在正在读的书讲述的就是一条龙追捕一个公主的故事。公主被龙抓到笼子里，后来又逃跑了。公主虽然没有龙跑得快，但是公主先把自己变成了一只苍蝇，然后变成了一个老妇，最后变成了河上的一座桥。龙一次也没有识破公主的伪装，最后淹死在公主变成的桥下面的河水里。

"这些女孩子怎么可以变成那么可怕的东西，难怪我抓不到波莉。我，只是一只狼而已，而她，却可以

变成几乎任何她想变的东西,这太不公平了!"

大黑狼叫道。这时,他又觉得虽然自己不会变化,但

好在还有点头脑。"我要让她看看,她是骗不了我

的。不管她变成什么样子,我都能认出她来,我

才不像龙那么笨,我可聪明着呢。"大黑狼想。他

听说吃鱼会变聪明,于是晚餐就吃了一小罐金

枪鱼。为了防止上当受骗,他当晚睡觉时又

在枕头底下放了一罐金枪鱼,还聪明地决定先

不打开罐头,免得床单上到处是油。"哇,我今

晚是多么聪明啊!"他自言自语道。

第二天,波莉从学校回来,看见大黑狼正站

在一家商店的外面,定定地盯着橱窗看。波

莉希望大黑狼没有看到她,可她刚走到大黑狼后

面，大黑狼就转过身来了。波莉正准备跑，大黑狼说话了。

"小姑娘！"

波莉看了看四周，旁边来来往往的人很多，可是没有一个小女孩。

"小姑娘！小姑娘！"大黑狼又喊。

"你是在和我说话吗？"波莉问。

"我当然是在和你说话呀，你难道认为我跟自己说话时会自称'小姑娘'吗？其一，我不小了；其二，我也不是姑娘。我才不会犯那么愚蠢的错误呢。"大黑狼生气地说。

"如果你是在和我说话，你怎么不喊我的名字啊？"波莉问。

"当然是因为我不知道你的名字啊,你看起来很像一个叫波莉的女孩,但你不是她,因为她现在应该在别处,躲起来了。这就是我喊你'小姑娘'的原因。现在,别再问傻问题了,给我个明智的回答吧。"大黑狼说。

"回答什么呀?"

大黑狼指了指他刚才一直盯着看的橱窗。

"你看到橱窗里那两只苍蝇了吗?"

波莉看了看,发现玻璃窗里面的确有两只苍蝇正在爬来爬去。有一只刚爬到顶部,就立刻掉了下来,它于是愤怒地嗡嗡嗡叫个不停。大黑狼饶有兴趣地看着苍蝇,看着它伸出长长的舌头,不时地微微颤动。

"我敢说你肯定觉得那两只苍蝇长得一模一样，对吧？你分辨不出谁是谁，对吧？"

波莉仔细地看了看，然后说："是的，我分辨不出。"

"它们之间没有什么差别吗？"

"好像正在爬的那只要大一些。"波莉指着苍蝇说。

"胡说，它们是一模一样的。但我接下来要告诉你的事会让你大吃一惊——尽管对你来说，两只苍蝇长得一模一样，可是我却能分清谁是谁。"大黑狼说。

"谁是谁呢？我的意思是说，既然它们看起来一模一样，它们之间又会有什么区别呢？"

"你把我搞糊涂了。我是想说，我知道哪一只是

真正的苍蝇，哪一只不是。”

“哪一只是真的？”波莉问。

大黑狼仔仔细细地看着两只苍蝇，然后指向其中一只说：“那一只是真的。”

“假如那只是真的，另外一只又是什么呢？”波莉问。

“啊哈！现在，小姑娘，你肯定会大吃一惊的。另外那只苍蝇——是个女孩子。”

“一只母苍蝇吗？”

“别蠢了，不是母苍蝇。是个女孩子，就像你一样，是一个真正的女孩子，一个小女孩，嫩嫩的、胖胖的。嗯，胖乎乎的，很美味。”

波莉又看了看两只苍蝇。那只真苍蝇刚

从顶部掉下来，正生气地嗡嗡叫着。被说

成是小女孩的那只苍蝇在玻璃窗里上蹿下

跳。此刻，她停了下来，摆弄起一对前腿来。

"看见没有？她知道我已经看出她是谁了。她紧

握双手是因为知道我已经识破了她的伪装，而

且我马上就要让她成为我的囊中之物。"大黑

狼得意扬扬地说。

"苍蝇通常都会那样摆弄自己的前腿，我妈

妈说那样看起来就像在织毛衣一样。"波莉说。

"胡说！只有本来面目是女孩子的苍蝇才会那

么做。看看另外那只，那只真正的苍蝇。"

大黑狼说这话的时候，另外那只苍蝇不爬

窗玻璃了，也摆弄起前腿来。

“你看见了吗?”波莉问。

“它是在模仿波莉苍蝇。”大黑狼急忙回答。

“波莉?”波莉问。

“那只——苍蝇——只是——假装自己是一只苍蝇。她——其实——是——一个真正的——女孩子,”大黑狼大声地一字一顿地说,好像是在对着傻瓜或是外国人说话。

“怎么会呢?”波莉问。

“我不能从头说起,我只能告诉你,这附近住着一个令人抓狂的孩子,就是长得很像你的那个女孩,她的名字叫波莉。她自认为很聪明,以为只要变成苍蝇我就认不出她,她便可以摆脱我的控制。可是她压根儿就不聪明,可能还没有你聪明。

和她相比,我简直太过聪明了。我没花多少时间就已经看出,这不是一只普通的苍蝇。"

"那接下来会发生什么事呢?"波莉饶有兴趣地问道。

"我要抓住她,然后把她吃掉!"大黑狼回答。

"即使她不是真苍蝇,我觉得她的味道也不会怎么好。"

"她不会再保持苍蝇的样子,只要我把爪子压在她的身上,叫出她的真名,她就得变回原形,变成小姑娘,像你一样。然后……太妙了!"大黑狼激动地说道。

"你怎么可能把爪子放到她的身上呢?两只苍蝇都在橱窗里面,而我们在外面哪。"波

10

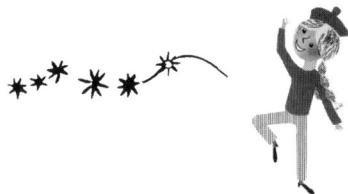

莉说。

"我现在就进商店领取奖励。"大黑狼说完，一下子消失了。波莉趁此机会安全地回家喝茶了。

过了一两天，波莉走在大街上，看见大黑狼站在三个胖胖的老妇人身边。三位老妇人一边等公交车一边交谈。她们忙着聊天，完全没有注意到大黑狼正在步步逼近。大黑狼走近最胖的那位老妇人身边，正想举起爪子放到她的肩上，老妇人突然转过头来，看到一个黑乎乎的大块头离她非常近，感到很不舒服。

"喂，走开。没人邀请你参与聊天。"她吃惊地后退了一步，说道。

"啊哈！"大黑狼说。

"你说什么？什么意思？"最胖的老妇人问道。

"我是说，啊哈，你是骗不了我的……"

"嘿！你以为你在和谁说话呢？给我小心点儿，小伙子。不然的话，我要叫警察来抓你。"

"没用的，我认识你。"大黑狼说。

"我不认识你，而且也不想认识你，给我放手。"老妇人说着，举起伞来威胁大黑狼。她身后的另外两位老妇人凑了过来，其中一位一把抓住了大黑狼的毛发。

"你是波莉，你是我的！"大黑狼一边叫着，一边努力地想把爪子搭到最胖的老妇人的肩上。

一场混战就这样开始了，吵闹之声不绝于耳。一个在不断地喊："把你的脏爪子拿开！""你以为

你是谁呀?""我的生命中还从未如此受辱。"一个

在大声叫唤警察,还有一个在用棍子和伞奋力地

打着大黑狼。大黑狼又痛又怒,不停地嚎叫。他还

算幸运,这时巨大的红色大巴士来了。此时天色已

晚,下一趟巴士可能要一个小时后才能来,于是三

位老妇人只好上了车,一边还愤怒地骂个不停,把大

黑狼独自留在了人行道上。

　　波莉差点就要为大黑狼感到难过了。但是第二

天,当波莉看到大黑狼正郁闷地望着离她家不

远的人行立交桥时,波莉觉得,还是和大黑狼远远

地保持一段安全距离比较好。大黑狼看上去狼

狈不堪,一只耳朵被撕裂了,脖子上有几块裸露的

伤疤,好像还有几处毛皮被扯掉了。他呆呆地凝

shì zhe qiáo xià de qì chē dào　Bō lì zhèng xiǎng gǎn jǐn huí jiā　bú yào ràng
视着桥下的汽车道。波莉正 想 赶紧回家,不要让

dà hēi láng fā xiàn　jiē guǒ dà hēi láng tū rán jiào zhù le tā
大黑狼发现,结果大黑狼突然叫住了她。

xiǎo gū niang　xiǎo gū niang
"小姑娘!小姑娘!"

jiǎ rú tā méi yǒu rèn chu wǒ　nà wǒ dāi zài zhè er yě xǔ shì ān quán
"假如他没有认出我,那我待在这儿也许是安全

de　Bō lì xiǎng zhe　yú shì xiàng qián zǒu le jǐ bù
的。"波莉想着,于是向 前走了几步。

xiǎo gū niang　guò lai kàn kan zhè zuò qiáo　dà hēi láng shuō
"小姑娘!过来看看这座桥。"大黑狼 说。

wǒ zài kàn ya　Bō lì shuō
"我在看呀。"波莉说。

nǐ shì fǒu fā xiàn le shén me yǒu qù de dì fang　dà hēi láng wèn
"你是否发现了什么有趣的地方?"大黑狼问。

méi yǒu　wǒ méi yǒu fā xiàn　zhè zuò qiáo yǒu shén me yǒu qù de dì
"没有,我没有发现。这座桥有什么有趣的地

fang ne　Bō lì dà shēng de wèn
方呢?"波莉大 声 地问。

xū　bú yào nà yàng dà jiào　tā huò xǔ huì tīng jiàn de
"嘘!不要那样大叫,她或许会听见的。"

shuí huì tīng jiàn
"谁会听见?"

Bō lì
"波莉。"

"波莉在哪儿?"波莉问。她想看看大黑狼到底

有多笨。

"这一次,她变成了一座桥。"大黑狼回答。

"一座桥?为什么呀?"

"你准是上次那个傻乎乎的小姑娘,老要我解

释波莉的事情。波莉会把自己变成不同的东西,

这样我就认不出她了。你难道不记得了吗?上一

次,她变成了一个老妇人。再上一次,她变成了

一只苍蝇。这一次,她变成了一座桥。故事书里

说的是架在河上的一座桥,可这附近似乎没有河,

因此我猜她肯定会变成大街上的一座立交桥。

不过,她犯了一个错误。"

"什么错误?"波莉问。

"这座桥上没有路，两端只有石阶，真是蠢哪，车子怎么能爬上石阶呢？"

"这座桥不是给车用的，是给人用的。"波莉说。

"胡说！桥就是给车用的，还有给马和马车用的。为什么要单独为人建一座桥呢？人们可以走过为车建造的大桥，但是车不能爬楼梯，没法从这样愚蠢的桥上通过呀。因此，我一眼就看出这不是一座真正的桥。这座桥就是那个愚蠢的小波莉变的。"大黑狼说。

"那你打算怎么办呢？"波莉问道。

"我要抓住她，告诉她我已经认出她了。这样她就会变回原形，然后我就可以吃了她。"大黑狼说。

"你以前也这样说过。"波莉说。

"什么时候？我以前说过什么？准是一些非常明智的话。"

"你在观察苍蝇的时候说过这样的话，那两只苍蝇后来怎么样了？"

"哦，你说的是那两只苍蝇啊。"大黑狼说。

"正是，它们中根本就没有波莉吧？"

"当然有哇，我那时候就已经告诉你了。"大黑狼说。

"那你为什么没有抓住她，把她给吃了呢？"波莉问。

"当时的情况十分混乱，两只苍蝇嗡嗡叫个不停，在橱窗里上蹿下跳，你当时也看到了呀。你也觉得它们长得非常像，对吧？"

"我根本分辨不出谁是谁。"波莉说。

"正是,这就是困难之处。"大黑狼说。

"于是你就抓错了?"

"我把爪子放在波莉苍蝇的身上,叫出了她的名字。可什么事也没有发生,我错抓了那只真正的苍蝇。这时,另外那只苍蝇,那只波莉苍蝇飞走了。太令人失望了。"

"那你和老太太们之间又出了什么问题呢?"波莉问。

大黑狼显得又惊奇又受伤。

"那是件不光彩的事。我宁愿不再谈论此事,因为我受到了可恶的对待。"

"所以现在你认为波莉变成了这座桥?"波

lì wèn
莉 问 。

shì de
"是的。"

nà nǐ hái zài děng shén me ne　nǐ hé shí zǒu guo qu bǎ shǒu fàng zài
"那你还在 等 什么呢？你何时走过去把手 放在

qiáo shang　shuō nǐ yǐ jīng zhī dào tā shì shuí le　Bō lì wèn　cǐ kè tā yǐ
桥 上 ，说你已经知道她是谁了？"波莉问。此刻她已

zuò hǎo táo pǎo de zhǔn bèi　yīn wèi dà hēi láng yí dàn huí guo shén jiù huì lái
做好逃跑的准备,因为大黑狼一旦回过 神 就会来

zhuā zhēn zhèng de Bō lì
抓 真 正 的波莉。

wǒ zhǐ shì xiǎng què rèn　wǒ shì fǒu hái jì de zěn me yóu yǒng　dà hēi
"我只是 想 确认,我是否还记得怎么游 泳。"大黑

láng shuō
狼 说 。

yóu yǒng hé zhè shì yǒu shén me guān xi　Bō lì jīng qí de wèn
"游 泳和这事有什么关系？"波莉惊奇地问。

dà hēi láng cháng cháng de tàn le yì kǒu qì
大黑狼 长 长 地叹了一口气。

wǒ bù dé bù shuō　nǐ zhēn shì bǐ wǒ gēn nǐ shuō guo de nà ge bèn Bō
"我不得不说,你真是比我跟你说 过的那个笨波

lì hái yào chǔn de duō　nǐ nán dào cóng lái bù dú běn hǎo shū ma　nǐ nán
莉还要 蠢得多。你难道从来不读本好书吗？你难

dào bù zhī dào nà ge bǎ zì jǐ biàn chéng yí zuò qiáo de gōng zhǔ de gù shi
道不知道那个把自己变 成 一座桥的公主的故事？

还有，追赶她的龙、巨人或者狼站在桥上叫出了

她的名字，于是她又变回公主的样子？那样的话，

龙或者其他想抓她的怪兽就都掉进河里淹死了。

那条龙真的很蠢，可我并不笨，我已经非常明智

地在公共泳池里上了游泳课。我只要想起该

怎样划动我的前腿和后腿，我就不会沉下去。然

后，我就可以迅速地游上河岸，爬起来把公主给吃

掉。我的意思是，把波莉给吃掉。"

"可是这座桥下面不是河流呀。"波莉指出。

大黑狼朝下看了看川流不息的货车、小轿车

和客车。

"呃，我忘了。这样的话就没必要等下去了。我

不需要想起怎么游泳，我也不会把皮毛弄湿，这

样更好。"他转身向桥的中央走去。

"大黑狼!"波莉在他身后叫道。

"怎么了?"

"你说出波莉的名字,桥就会消失。虽然你不会

掉进河里,但是会掉到下面去。"波莉指着下面的车

道说。

"那会怎么样呢?"狼问。

"来往车辆是不会为你停下来的。所有的小

轿车、大客车都开得太快了,司机们没法及时刹车,

你会被车撞倒、压扁,压成煎饼一样。"波

莉说。

大黑狼停了下来,从栏杆往下看了看川流不

息的车流。

“你肯定车辆不会停下来吗?”他问道。

“非常肯定。”

“你想不想做个小小的科学实验?你跳下去,看看有多少车会停下来,看看你会变成什么样?”

“不,谢谢你,大黑狼,我完全不想做这个实验。”聪明的波莉说。

大黑狼从桥的中央往回走,小心翼翼地站到桥的这端。

“你觉得我从这里掉下去会安全吗?”他问。

“从这里到地面有很长一段距离。”波莉说。

“你有什么建议呢?”

“我想,你最好还是走到桥那边去,顺着石阶走

到桥底下,这样你就不会掉下去了。然后你可以把

爪子放在桥的那一端,告诉它你已经知道它就是波

莉。"波莉说。

"你真是个好心肠的小姑娘,不像我原来想

的那样比波莉愚蠢。"大黑狼说完,准备按照波莉

的建议去做。可他走了一半又转过身往回看。

"你就在那里等着看这伟大的变化吧!一座桥

是如何变成波莉,并被聪明的狼给吃掉的。"他

叫道。

但波莉考虑的可不止这些。在大黑狼还没有下

到立交桥另一端的石阶时,波莉已经跑回家了。她

可不想冒险等着大黑狼发现这座桥是一座真

的桥后,跑回来追她,把她给抓住。

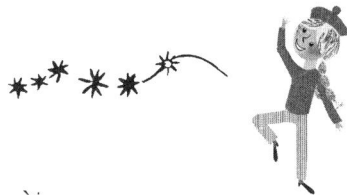

2 伟大的竞吃比赛

“我要向你挑战！”大黑狼大声叫道。他和波莉是在星期六上午的大街上相遇的。周围的环境喧闹不堪，要想让波莉听见他的话，他就得大声叫喊。汽车在艰难地爬上山坡，喇叭在鸣叫，摩托车在加速，孩子们在大呼小叫，婴儿在放声大哭。为了能让对方听清自己的话，人们不得不大声叫嚷。

“你要挑战我什么呢？”波莉大声回应。

“就来一场力量的较量吧，或者其他方面的较量也行。你应该看过吧，比如说，可以试试看谁能举起最重的石头。”

"可是，这周围没有比较重的石头呀。"波莉环顾了一下大街后说。

"可以试试把那位女士举起来。我肯定她和巨石一样重。"大黑狼的爪子指向一位正要过斑马线的胖女士。

"我要是你的话，我才不举她呢。如果你那样干了，她肯定会叫来警察把你抓进监狱。"波莉不知道大黑狼是否能举起那位女士，但她自己肯定是不行的。

"噢，好吧。那你来说说，我们比什么好呢？"大黑狼悻悻然地说。

"比谁讲话最快，怎么样？"波莉问。

"你真是太卑鄙了！明知道自己会赢。并非是

我没什么可说,也不是没什么值得一说,而是因为

我总喜欢在讲话前深思熟虑。"

"我看过一个故事,讲的是人们试图找出谁能

编出最大的谎言。"波莉说。

"真令人震惊,太可怕了。一直以来,我都以为你

是个诚实的好女孩。"大黑狼摆出一本正经的模

样说道。可他又迅速地提了一个问题,适才假装

的正经一下子消失了。"他们说了什么?最大的

谎言是什么呀?"

"我指的是一个杜撰的故事,就像有人说他咬

了月亮一口。"波莉说。

"真的吗?这样一来,就可以解释很多事了。我时

常感到疑惑,为什么月亮有时看起来像是受

到过某种攻击一样，有时候这边缺一块，有时候那边缺一块。你经常都能看到月亮被谁咬过了。我怎么也想不明白。"大黑狼一边说，一边思考着这个问题。

"但是，我说了，这不是真的。我的意思是，那种故事是有人编造的。"

"可是，假如不是真的，他干吗要这样说呢？"

"为了看看是否还有人能讲出更大的谎言。"波莉说。

"这个太容易了！无论说什么，都比说有人咬了月亮的谎言厉害。因为只要你盯着月亮看，就会发现真的有人在咬月亮啊。"

波莉感觉这个话题无法继续下去了。很显然，要

想让大黑狼相信，事实上并没有人咬过月亮

是不可能的。她只能等着他转换话题。

"我来告诉你比什么吧，就比比看，谁能以最快

的速度把对方吃掉。"大黑狼说。

波莉感到十分惊奇，想了想，问："那要怎么

做呢？"

"很简单，任何有点脑子的都会觉得很简单呀。

假设我现在开始吃你，也就是今天上午十点

钟……"

波莉抬头看了看钟塔，时钟显示现在是十点

差一刻。

"我们找个戴手表的裁判，我尽快把你给吃了。

一阵噼噼啪啪、嘎吱嘎吱之后，我就告诉裁判我吃完

了。裁判就会检查一下是否还有遗漏，还有什么值得

吃的。你知道，波莉，我不应该连你的衣服都吃掉。

我应该好心地把它留给你，或者留给另一个小女孩。"

"可是，假如你把我给吃了，衣服对我来说也没有

用了呀。"波莉指出。

大黑狼根本没有理会波莉的话，他急不可耐地

往下说："然后我告诉裁判我已经吃完了。裁判看

了看表，发现正好花了四十分钟，或许是五十分

钟的时间。这要取决于你有多硬，以及刚才我没

有提及的其他细节。然后裁判就宣布我获胜。就那

么简单！"大黑狼听起来非常得意。

"那么如果轮到我来吃你，又会怎么样呢？"波

莉问。

"你吃我的时间可能比四十或五十分钟还要多，

可能得花上几个小时，甚至有可能要一整天。

因为我比你的块头大很多，而且我特别坚硬，还有这

些毛发。"大黑狼说。

"这和毛发有什么关系？"

"毛发会延缓你吃东西的速度。它们生长的

位置不对，会使你很难快速地咬动。我是说，万一

咬错了地方就是一嘴毛。可狼天生就是全身

长满毛，这样丰满的毛发覆盖了整个身体。

而你几乎就是个秃子，你的毛发只长在一个地方，就

是脸的上方。我想，五分钟左右就能轻易地除

掉你的毛。而你呢，得花上好几个小时才能除掉

我的毛。"

"可是，如果是我先吃你，那你连吃的机会也没有。

所以我要先吃。"

"这也是为什么我要先吃你的原因。总之，既然
我们都知道，我吃掉你的速度要比你吃掉我的速度
快，那么让你先来就没有任何意义。"

"可这不公平。"波莉叫道。

"生命本来就不公平。有的天生就是狼，
有的天生就是虚弱的小女孩；有的生下来就有脑
子，有的一出生就非常愚蠢。你对此无能为力。"

"你也可以做点什么让这场比赛变得比较公
平。"波莉说。

"你是什么意思呢？你不可能让自己吃东西的
速度快上两倍，对吧？你恐怕得快上一百倍

才行。"

"我知道，没人可以让我吃东西的速度变得那么快，但可以让你的速度慢下来。就像赛马的时候人们做的那样。"波莉说。

"马儿也有互吃的比赛？我对此竟然一无所知，我倒是很想见识一下。"

"别恶心了，大黑狼。不是比赛互相吃掉对方，而是比赛跑步，跑得最快的马获胜。但是，假如一匹马跑得比其他马快太多的话，它就得背上很重的东西。人们会在它的马鞍上加上一些铅，好让它的速度慢下来。"波莉说。

"多么荒谬！可怜的马儿，这太不公平了。"

"不，不是这样的。这样的比赛对于其他马来说

才更公平。那些速度慢的马也有获胜的机会。"

"好了，就别再谈论这些无聊的赛马了，我们还是

来谈谈我们的事吧。"大黑狼建议。

"你难道还没有明白吗？如果我们要进行吃的

比赛，唯有让你吃东西的速度放慢，才能让比赛

公平一些。"

"我向你保证，波莉，无论我的马鞍上有多少

重物，也无法改变我吃东西的速度。再说，我也没

有马鞍。所以，你的提议是很难实行的，几乎不可

能。"大黑狼说完，朝波莉走近了些，长长的红

舌头伸了出来，舔了舔邪恶的嘴唇。

"当然，给你增重没有什么意义，没有人想

减缓你的奔跑速度。"波莉说。

"这就对了！那我们还在等什么呢？"

"我们得想个办法让你吃东西不那么快。"

"我倒是很想看看能有什么办法。"大黑狼说。

"我们可以在你的嘴上装个类似夹子的东西，这样，你的嘴就无法张得那么大。"

"就不能一口咬下一大块鲜嫩多汁的小波莉吗？"大黑狼问。

"对的，你一次只能咬上那么一小口。"

"那就没乐趣了。假如不能大口大口、爽爽快快地去咬自己喜欢的东西，那么吃的乐趣就大打折扣了。"大黑狼抱怨道。

"也许给你弄个嘴套会更好。你看，狗的鼻子

上 有时就会戴着嘴套。"

"那样的话，我就根本吃不了东西呀。"

"或许喝水没问题。"波莉友善地说。

"而你却在嘎吱嘎吱地吃我？那样太可怕了。"

"呃，也许……是的，我想也许可以这样做，这应该是最好的方式。"波莉一边说，一边看了看大黑狼那满嘴的牙齿。

"做什么？"大黑狼问道，微微颤抖了一下。

"我们可以修理一下你的牙齿。"

"你说的'修理'是什么意思？"

"把牙齿变钝。用锉刀锉一锉，牙齿就不会很锋利，吃东西也就不会太快了。"波莉说。

"你竟然要锉钝我这些漂亮又锋利的尖牙！"

"不是的，我 想 了下，那样 做要花很 长 时间。

更 简单的办法就是拔掉大部分的牙齿。"波莉说。

"拔掉牙齿!"大黑狼 重 复了一遍，吓得似乎快

要晕倒了。

"为了不影 响你的外貌，不会拔掉你的前牙，就

只拔后牙。"波莉解释说。

"可是，后牙也发挥着一半的作用。把肉磨碎，把

骨头嚼烂……"

"正因为如此，才要把它们拔掉。我 相 信牙医

有办法减轻你的疼 痛。有时候给病人拔大牙，医

生 会先给他们吃点药，等他们睡着后再拔。"波

莉温柔地说。

"我的所有牙齿都很大呀。"大黑狼 说。

“我看出来了。因此，你可以央求牙医先给你点止痛药。等你睡着后，医生就能一下子把后牙都拔掉了。”

大黑狼颤抖起来。

“牙齿重新长出来要花很长时间的。”大黑狼说。

“我想你的牙齿不会再长出来了，因为你太老了。只有非常年轻的生物才会在第一批牙齿长出来后再长第二批。”

大黑狼用舌头舔着他的牙齿，深情地数着。

“我可以向你保证，我会吃得很慢。”他说。

“可最终，你会因为可以吃到我而兴奋得忘记慢慢吃。”

"我可以每咬一口就喝上一杯水。"

"那样对消化不好。你也不想把胃弄坏,以后再也不能享受美食吧。"波莉说。

"牙医也会把你的牙齿给拔掉吗?"大黑狼问。

波莉摇摇头:"没必要,因为我就是用一整口牙,也不可能吃得比你快。"

大黑狼想了一下。

"波莉!"

"怎么啦,大黑狼?"

"你提出我们比赛看谁能更快地吃掉对方,这是个好主意。可是,我现在仔细想了一下,觉得不太可行。我觉得最终的结果可能会和我们的预期截然相反。我想我们最好还是忘了这个提议吧。"

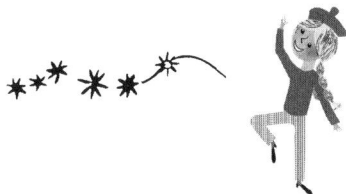

“我明白。”波莉说。

“很抱歉，不得不让你失望了。事实上，我今天碰巧特别忙，家里还有一大堆事要做。再说，我今天早上刚好也不特别饿。我想晚餐用一个水煮蛋就可以凑合了，也许再加上一小片干面包吧。我现在觉得，要吃下整个波莉也不公平。”

“那好吧，我今天也不是真的想要吃你，大黑狼。”波莉有礼貌地说。

“我们改天再比吧。”大黑狼一边叫着，一边转身从大街往家跑。他一路小跑着，心里暗暗庆贺自己的聪明睿智，很快就识破了波莉想要害他的阴谋。竟然想在他的嘴上装个夹子，太恐怖了！想让他像狗一样戴着嘴套，太耻辱了！更糟糕

de shì hái xiǎng bá qu tā nà yǒu yòng de cháng cháng de fēng lì de ér
的是,还想拔去他那有用的、长长的、锋利的(而

qiě xiāng dāng huáng de yá chǐ
且相当黄的)牙齿!

Bō lì de yīn móu yòu méi yǒu dé chěng shuí shuō wǒ bú shì nà ge zuì
"波莉的阴谋又没有得逞!谁说我不是那个最

cōng míng de ne ér qiě wǒ dāng rán yě shì chī dōng xi zuì kuài de nà ge
聪明的呢?而且,我当然也是吃东西最快的那个。"

dà hēi láng nán nán zì yǔ wéi yī de yí hàn shì tā xiǎng zhè cì méi yǒu jī
大黑狼喃喃自语。唯一的遗憾是,他想,这次没有机

huì lái zhèng míng zhè yì diǎn le
会来证明这一点了。

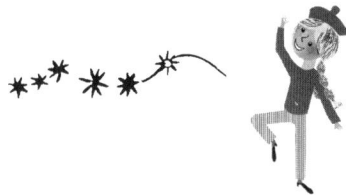

⒊ 魔咒

大黑狼啪的一声合上了书本。

"没错,我所需要的正是一道魔咒!魔咒可以让愚蠢的小波莉来找我,求我行行好吃了她。"他说道。

他很惊讶以前竟然没有想到这个主意。他刚才读的所有书里,都没有说魔咒有任何缺点:漂亮的公主变成了青蛙,青蛙变成了英俊的王子,国王被女巫施了魔法,几个鲜嫩的小孩中了魔咒,被迫为巨人、食人魔和其他可怕的魔鬼工作,随时有被吃掉的危险。既然用了魔咒,能让这些魔法发生在公主和王子的身上,为什么就不

能让极其普通的小波莉主动来找一只受人尊敬的狼呢？甚至主动请求狼吃掉她也不是不可能的吧？这个办法没有任何麻烦，也没有无休止的争论。大黑狼已对争论厌倦万分，他想要的只是一顿美餐，以及最终是他战胜了波莉，尽管波莉一直被认为是聪明的那一个。

大黑狼认真地想了想，他得找到真正可靠的魔咒才行。他不想要一个在关键时刻会出意外的魔咒，或者是完全不起作用的魔咒。大黑狼在一个小皮包里放了一些钱，为了安全起见，他把皮包系在脖子上，然后就跑到大街上，想看看能买到什么。

有一个商店的橱窗最先把大黑狼给吸引住

了。这个商店的橱窗里摆放着平底锅、桶、猫

窝，还有颜色各异的装着混合物的瓶子。一个看起

来十分坚固的凳子上贴着"经久耐用"的标签，看

上去十分令人信服。大黑狼当然不想要经久耐

用的凳子，不过，既然这家店能够出售经久耐用

的凳子，为什么不会出售安全可靠的魔咒呢？看

到一瓶紫色的液体上面有着"魔法师"的标签，大

黑狼备受鼓舞，于是勇敢地走进了商店。

"我想要一个魔咒。"大黑狼对一个看起来傻乎

乎的姑娘说，她正斜靠在一个白色的厨房橱柜

上，读着报纸。

"什么？"

"魔咒。"

"没有卖的，如今人们不买魔咒了。"女孩说，眼

睛没有从眼前的报纸上移开。

"你们这里有卖的。我在橱窗里就看到了

一个。"

"你肯定弄错啦。告诉你吧，我们没有卖了，那

已经过时了。"女孩说，仍旧没有看大黑狼一眼。

"我告诉你，我看见了，就在这里，看吧！"大黑狼

说着，指向旁边的架子，上面摆放着许多装

着紫色液体的瓶子。

"什么？那个？你怎么不早说呢？"女孩说着，从

架子上拿了一瓶，开始在抽屉里找包装纸袋。

"七十九便士。"她说。

"请稍等，这个有什么用？"大黑狼问道。

nǐ shén me yì si zhè ge hái néng yǒu shén me yòng
"你什么意思,这个还能有什么用?"

wǒ shì wèn zhè ge mó fǎ shì yòng yú nǎ fāng miàn de tā yǒu kě néng
"我是问,这个魔法是用于哪方面的,它有可能

bú shì wǒ xiǎng yào de wǒ xiǎng yào mǎi de shì yí gè jiǎn dān de mó zhòu
不是我想要的。我想要买的是一个简单的魔咒,

kě yǐ ràng yí gè xiǎo nǚ hái
可以让一个小女孩……"

wǒ bù zhī dào nǐ yào yòng tā lái zuò shén me nǐ nán dào bù shí zì
"我不知道你要用它来做什么。你难道不识字

ma shāng biāo shang xiě zhe zhè shì yòng lái qīng jié kǎo xiāng de nǚ hái
吗?商标上写着,这是用来清洁烤箱的。"女孩

shuō zhe bǎ píng zi shēn dào dà hēi láng de bí zi dǐ xia yìn zài biāo qiān
说着,把瓶子伸到大黑狼的鼻子底下。印在标签

shang de zì tài xiǎo dà hēi láng yí gè zì yě kàn bu qīng
上的字太小,大黑狼一个字也看不清。

"就这些吗？只是清洗烤箱？没有其他用处？"

大黑狼失望地问。

"你还指望七十九便士能买到什么呢？美容

霜吗？要想让自己看起来漂亮点的话，就得花

更多的钱。"女孩不高兴地说，然后把瓶子放回架

子上，继续看她的报纸。大黑狼感觉受到了侮辱，

于是飞快地跑出了商店。

"多么讨厌的姑娘！而且还那么蠢！比波莉还要

蠢！"他想。他在另一家商店的橱窗前停了下

来，审视着橱窗里自己的身影。

"我不明白她为什么要提美容霜，我可是一只

长相十分英俊的狼。"他对此确定无疑，从自己的

身影里得到了些许安慰，于是继续往前走。

他在附近的一家食品店停了下来。他觉得难以经过冷冻肉食的柜台，尽管从过去的经验中得知，要让牙齿咬得动这些诱人的肉块还要等上好几个小时。他经过面包和饼干架，终于发现了他在找的东西。那是一个小袋子，外面印着"嫩肉粉，适用于各种肉类"的字样。

他拿了三包到收银台。

"这个真的有用吗？"他问那个在收银台收钱的女孩。

"效果神奇！就像魔法一样。"女孩说。

"你们还有更多的魔咒吗？"大黑狼饶有兴趣地问。但是这时，女孩忙着接待大黑狼身后的顾客，没有再理会大黑狼，只是把三小包嫩肉粉推给了他。

走出商店，大黑狼仔细地看了看上面的说明。他读道："烹饪前先滴几滴在肉上，放进烤箱前静置十到十五分钟。"打开一看，里面有一个小瓶子。

大黑狼小心翼翼地洒了三四滴瓶子里的东西到自己的前腿上。

"假如能够让我的肉变得更嫩滑，那就是真正的魔法。"他想。

他静静地站在人行道上，看着钟塔上的钟。十分钟过去了，他张开嘴，把前腿放进嘴里。

"哇！太疼了！"当牙齿咬到自己的皮肤时，他惊奇地叫道。他迅速地环顾了一下四周，他可不希望被波莉看到他用这种方法来测试自己皮肉的柔软

度。波莉也许会认为这样做……不是十分明智。

大黑狼继续顺着大街往前走，一边观察着街道两边的橱窗。过了一会儿，他在一家只写着"健康"两字的商店门口停了下来。橱窗里挂着两幅照片。一幅是一个看上去痛苦不堪的女人，脸上皱纹丛生，眼下有重重的眼袋，头发像绳子一样乱糟糟的。另一张照片是同一个女人，可这次的她笑容可掬、皮肤光滑、头发闪亮，还用手指着另一只手里的一个球形的东西。

那照片下面写着："神奇的转变！我一夜之间年轻了十岁！"

"这一定是某种魔法！"大黑狼羡慕地想着。

他推开商店的门，径直走了进去。

"我看到你们有神奇的药丸。我想要买一

道……"他对着柜台后那位看上去忧心忡忡的女

士说。

"味道？哦，好的，我想向你推荐这些迷人的小

薰衣草袋……味道非常棒。你只要喷一些在房间

的壁橱里就可以了……"她开始说。

"不，你没有明白我的意思。我是想买一种神

奇的药水，可以喝的。或者，吃的也行。给我来几盒橱

窗里那位女士手里拿着的东西。"大黑狼说道。

如果他抓到波莉，就用这个让她变年轻，这样她

就更加柔嫩，也更加愚蠢。在那位忧心忡忡的

女士找药丸的时候，大黑狼环顾了一下四周，越看

越肯定自己来对了地方，在这里一定能买到魔咒。

看看,这里有那么多大大小小的瓶子,装着颜色各异的液体;有那么多用金色绳子捆绑着的小袋子,袋子外面还贴着草药的图片呢!大黑狼看到一只黑猫趾高气扬地穿过商店,又看到墙角处倚着一把老式的树枝扫帚,他知道自己终于找到了女巫的老巢。

"我猜,这就是她的扫帚吧。"大黑狼对忧心忡忡的女士说。

"长扫帚,是的。我们这里喜欢保留古老的风俗。"她一边说,一边给两盒药包上干净的绵纸。

"你也用那把扫帚么?我猜它的功能肯定非常强大。"大黑狼说。女士看起来心事重重。

"我觉得它比任何现代的扫帚都要好使得多。"女

士说，"你还有什么感兴趣的吗？"

"对于如何让一个年轻的女孩友好地对待……

动物，我非常感兴趣。"大黑狼说。

"你的意思是说，这个女孩对我们不能说话的

朋友不友好吗？"女士非常震惊地问。

"是的。"

"对它们很糟糕？把苍蝇的翅膀扯掉？不肯

照顾她的宠物？"

"让它们挨饿。"大黑狼伤心地说。

"这太可怕了！"

"你有没有什么东西可以改变她？一瓶药？或

是别的什么药丸？"

忧心忡忡的女士摇了摇头："除了教育，没有

其他方法能改变这种女孩的坏天性。必须有人手把手地教她。多么可怕的故事！也许你可以给她点教训，让她知道她的行为是多么恶劣。"

"我已经努力了很多年，但收效甚微。"大黑狼悲伤地说完，拿起包裹离开了商店。

过了一两天，波莉正在楼上的卧室里，突然听到前门有人在使劲地敲门。她本想跑下楼去开门，但是她已经学会了小心谨慎。于是，她打开窗户，小心翼翼地往下看到底是谁在敲门。可是什么都没看见，没有一个人影。

波莉走下楼，看见前门的门垫上放着一个小包裹，上面有个标签简单地写着："给波莉。"

"一份礼物？可今天不是我的生日呀。"波莉想。

tā zuò zài diàn zi shang sī kai le bāo zhuāng zhǐ
她坐在垫子上撕开了包装纸。

lǐ miàn shì ge yuán xíng de yào hé hé gài shang de xiǎo hè kǎ shang
里面是个圆形的药盒,盒盖上的小贺卡上

xiě zhe
写着:

mó   fǎ
魔 法

zài nǐ cháng shì zhè zhǒng shén qí de liáo fǎ zhī qián
在你尝试这种神奇的疗法之前,

nǐ yǒng yuǎn bú huì xiāng xìn zhòu wén huì zhēn de zhú jiàn xiāo shī
你永远不会相信皱纹会真的逐渐消失,

pí fū huì biàn de guāng huá nián qīng
皮肤会变得光滑年轻,

脚步也会恢复轻盈，

生活看起来又充满希望。

保证让你年轻十岁！

每次饭后服用三粒

药盒里装满了大大的绿色药丸。

波莉在读的时候，听到信箱咯咯作响，一根

长长的黑鼻头伸进来了一小截。

"啊姆噢姆嗯?"一个低沉的声音说。

"我听不懂。"波莉说。

"真麻烦,那个圈套之类的东西套在我的嘴上，

害得我说不出话来。我刚才说的是'你收到东西

了吗?'."大黑狼从门外面用正常的声音

shuō dào
说道。

lǜ sè de yào wán ma　　Bō lì wèn
"绿色的药丸吗?"波莉问。

yí gè péng you sòng gěi nǐ de　　nà ge shēng yīn shuō
"一个朋友送给你的。"那个声音说。

wǒ ná zhè xiē dōng xi zuò shén me ne
"我拿这些东西做什么呢?"

dāng rán shì bǎ tā men tūn xia　　zěn me huì yǒu nǐ zhè me chǔn de rén
"当然是把它们吞下!怎么会有你这么蠢的人?"

nà ge shēng yīn xiǎn de hěn bú nài fán
那个声音显得很不耐烦。

kě shì hé zi shang shuō tā men huì fǔ píng zhòu wén　　wǒ méi yǒu zhòu
"可是盒子上说它们会抚平皱纹,我没有皱

wén ya　　Bō lì shuō
纹呀。"波莉说。

yě xǔ kě yǐ yù fáng nǐ zhǎng chu zhòu wén
"也许可以预防你长出皱纹。"

ér qiě　　tā men néng ràng wǒ de pí fū biàn de guāng huá　　ràng wǒ de
"而且,它们能让我的皮肤变得光滑,让我的

jiǎo bù huī fù qīng yíng
脚步恢复轻盈。"

ńg　　nǐ bú huì shì xiǎng yào cū cāo de pí fū　　xiàng luò tuo yí yàng
"嗯?你不会是想要粗糙的皮肤、像骆驼一样

chí huǎn de jiǎo bù ba　　dà hēi láng wèn
迟缓的脚步吧?"大黑狼问。

"还有，大黑狼，盒子上说这些药丸会让我年轻十岁呢！"波莉叫道。

"那样你就会更加柔嫩，多美妙的一小口哇，就像在屠夫店里看到的那些小乳猪。一个非常小的波莉……"大黑狼的声音消失在自己贪婪的美梦中。

"可是……"

"不要没完没了地说下去，姑娘。不要争辩，赶紧吃下那些药丸吧。"大黑狼说。

"可是，大黑狼，你别忘了，这些药丸会让我年轻十岁。"

"快点把它们吞下去，我已经饿了。"

"大黑狼，我只有七岁呀。"波莉说。

"七，八，六，现在说这个干什么呢？"

"你的算术真糟糕，大黑狼。我现在七岁，如果我吃了药丸，会让我年轻十岁，你觉得我应该多少岁？"

"两岁？一岁半？六个月？都是好年纪呀，美味的年纪，正是我最喜欢的。"大黑狼说。

"你不会算术，大黑狼。如果你从七中减去十，那么就会得到负数三。"

"什么是负数？"大黑狼怀疑地问道。

"意思是，我要三年后才会出生。"

"你再说一遍，说慢点。"门外的声音说道。

"如果——我——吃了药丸，会让我——年轻——十岁，我还得——三——年——后才会出生。"

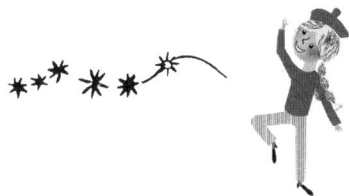

一阵短暂的沉默。

"你确定吗?"那个声音又问道。

"我在学校学得最好的就是算术。"波莉说。

"你说还得三年,就是说,有很长一段时间波莉都不存在吗?我还得再等三年吗?"

"是的。"波莉说。

"然后你才会出生?一个小小的、胖胖的、鲜嫩多汁的波莉?还没有学会说话?不,这样不好。我等不了那么久。"大黑狼的声音从门外传来,波莉听到了一阵失望的呻吟。

"你要让我现在就吃药丸吗?"波莉叫道,但没有听到回答。波莉从信箱向外看,看到了一条沮丧的尾巴消失在花园门口。尾巴主人的一侧挂

着第二盒绿色的药丸，另一侧挂着一瓶 软化剂。"魔

咒！你现在可不能 像 过去那样 信任它们了。"大

黑狼 生气地嘟囔着，失望 不已地跑回家去了。

4 妈妈教给我的歌

傍晚，天色渐渐暗了。一轮巨大的黄色月亮高高地挂在树梢，比平常大了三倍。波莉正坐在窗台上练习吹竖笛。她学习的时间不长，只会演奏些简单的曲子。《黑绵羊咩咩叫》不错，《我有一棵坚果树》更好听。

此时，波莉已经吹奏了六遍曲子，口和手指都累了。她放下竖笛向窗外望去，看到大黑狼在篱笆另一侧对她做着手势，波莉一点也不吃惊。

波莉把窗户开大了点，她站在二楼，感觉比较安全。

"嗨！大黑狼！"她说。

"你听到了吗?"大黑狼问。

"听到什么?"波莉说。

"那可怕的噪声,那刺耳的尖叫,就好像蚱蜢在用后腿唱歌一样……"

"那是我在练习竖笛。"波莉解释道。

"你是说,那噪声是你发出来的?你故意的?"

"我没有想到有那么糟糕,那首《我有一棵坚果树》还不错呀。"

"你真的这样想?我一直觉得那是一首令人失望的歌。"大黑狼说。

"令人失望?是因为歌词里没有坚果吗?'我宁愿要银豆子和金梨子'。"

大黑狼显得更吃惊了。"我不知道你在说什

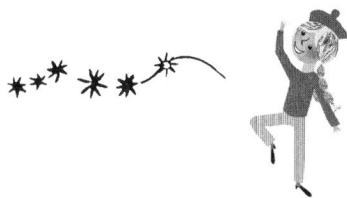

me　　tā shuō
么。”他 说 。

yú shì　Bō lì bèi sòng le　Wǒ Yǒu Yì kē Jiān guǒ Shù　de yí duàn
于是，波 莉 背 诵 了《我 有 一 棵 坚 果 树》的 一 段

gē cí
歌 词：

wǒ yǒu yì kē jiān guǒ shù
我 有 一 棵 坚 果 树，

kě shén me dōu bù jiē
可 什 么 都 不 结，

zhǐ yǒu yí gè yín dòu zi hé yí gè jīn lí zi
只 有 一 个 银 豆 子 和 一 个 金 梨 子，

xī bān yá gōng zhǔ
西 班 牙 公 主……

hú shuō　quán cuò le　gē cí gēn běn bú shì zhè yàng de　dà hēi
"胡 说！ 全 错 了，歌 词 根 本 不 是 这 样 的。"大 黑

láng bú nài fán de shuō
狼 不 耐 烦 地 说 。

bù　wǒ méi yǒu nòng cuò wǒ shì zài xué xiào li xué de　Bō lì shuō
"不，我 没 有 弄 错，我 是 在 学 校 里 学 的。"波 莉 说 。

wǒ shì cóng wǒ mā ma nà li xué de　wǒ mā ma shì zhè yàng jiāo
"我 是 从 我 妈 妈 那 里 学 的，我 妈 妈 是 这 样 教

wǒ de
我 的。"

wǒ yǒu yì kē jiān guǒ shù
我 有 一 棵 坚 果 树，

méi yǒu yì diǎn er hǎo chù
没 有 一 点 儿 好 处，

wǒ zhēn de hěn xiǎng yǒu ròu chī
我 真 的 很 想 有 肉 吃

kě tā zhǐ yǒu mù tou
可 它 只 有 木 头。

dà hēi láng shuō dào
大 黑 狼 说 道。

shù shang cóng lái méi yǒu jiē chu guo ròu wa   Bō lì shuō
"树 上 从 来 没 有 结 出 过 肉 哇。"波 莉 说。

nà me wèi shén me hái yào gē chàng tā ne
"那 么 为 什 么 还 要 歌 唱 它 呢?"

zhǐ shì yīn wèi zhè shǒu gē yǎn zòu qi lai méi yǒu nà me nán   Bō
"只 是 因 为 这 首 歌 演 奏 起 来 没 有 那 么 难。"波

lì shuō
莉 说。

nǐ bǎ nà jiào zuò yǎn zòu ma   nǐ hái zhī dào qí tā gē qǔ ma
"你 把 那 叫 作 演 奏 吗? 你 还 知 道 其 他 歌 曲 吗?"

É Māma Tóng yáo   Bō lì shuō
"《鹅 妈 妈 童 谣》。"波 莉 说。

jì xù   ò bù   bú yào zài nòng nà ge lìng rén zuò ǒu de gǒu shào
"继 续, 哦 不, 不 要 再 弄 那 个 令 人 作 呕 的 狗 哨

le
了……"

“不是狗哨，是我的新竖笛。”波莉争辩道。

“不管是什么，放一边去。你只要告诉我歌词就行了。”大黑狼说。

波莉说出了下面的歌词：

蛋在墙头上孵着，

孵着孵着就掉了下来，

就算聚集了国王所有的马和国王所有的臣子，

蛋也不能再恢复原来的样子。

“错了。”大黑狼叹了一口气。

“你是什么意思，怎么说‘错了’呢?”波莉问。

“你就没有学到正确的歌词。听着。”大黑狼

shuō dào
说 道。

dàn zài qiáng tóu shang fū zhe
蛋 在 墙 头 上 孵 着，

fū zhe fū zhe diào le xià lái
孵 着 孵 着 掉 了 下 来，

wǒ tiǎn le tiǎn dàn huáng hé dàn bái
我 舔 了 舔 蛋 黄 和 蛋 白，

dàn wǒ lǎn de qù dàn ké le
但 我 懒 得 去 蛋 壳 了。

nǐ chī le tā　　Bō lì hěn zhèn jīng de shuō
"你 吃 了 它！"波 莉 很 震 惊 地 说。

dà hēi láng kàn qi lai yǒu diǎn xiū kuì　tā jiē zhe shuō dào　　ǹg　rú guǒ
大 黑 狼 看 起 来 有 点 羞 愧，他 接 着 说 道："嗯，如 果

guó wáng de chén zǐ dōu ná nà kě lián de　nián hū hū de suì jī dàn méi bàn
国 王 的 臣 子 都 拿 那 可 怜 的、黏 糊 糊 的 碎 鸡 蛋 没 办

fǎ　nà wǒ yě wú néng wéi lì　duì ba
法，那 我 也 无 能 为 力，对 吧？"

Bō lì yě xiǎng dào le zhè yì diǎn
波 莉 也 想 到 了 这 一 点。

nǐ chī jī dàn de　duì ba　　nà bú guò jiù shì gè dà jī dàn ér yǐ　dà
"你 吃 鸡 蛋 的，对 吧？那 不 过 就 是 个 大 鸡 蛋 而 已。"大

hēi láng shuō
黑 狼 说。

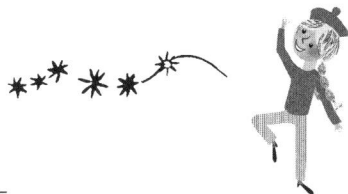

shì de　zhǐ shì wǒ bù chī shēng jī dàn　　Bō lì shuō
"是的，只是我不吃 生 鸡蛋。"波莉说 。

chī shēng jī dàn duì sǎng zi hěn yǒu hǎo chù　　dà hēi láng shuō zhe
"吃 生 鸡蛋对嗓子很有好处。"大黑狼 说 着，

zhāng dà zuǐ bā hǒu le qǐ lái　　Mǎ lì yǒu zhī xiǎo yáng gāo
张 大嘴巴吼了起来，"玛丽有只小 羊 羔……"

wǒ zhī dào nà shǒu gē　　dàn hé chī de méi yǒu guān xi　　Bō lì gāo xìng
"我知道那首歌，但和吃的没有 关 系。"波莉高兴

de shuō
地说 。

nǐ shì shén me yì si　　zěn me shuō zhè shǒu gē hé chī de méi yǒu guān
"你是什么意思，怎么说 这 首歌和吃的没有 关

xi ne　　tā běn lái jiù shì yǒu guān chī de gē qǔ　　dà hēi láng shuō
系呢？它本来就是有 关吃的歌曲。"大黑狼 说 。

Mǎ lì　yǒu zhī xiǎo yáng gāo
玛丽有只小 羊 羔，

yáng máo xiàng xuě yí yàng bái
羊 毛 像雪一样白；

bù guǎn Mǎ lì dào nǎ li
不 管 玛丽到哪里，

yáng gāo zǒng yào gēn zhe tā
羊 羔总要跟着她。

Bō lì shuō chu le shàng miàn de gē cí
波莉说出了上 面的歌词。

"不是这样的。"大黑狼 生气地大叫道。

"歌词就是这样的。"波莉说。

"当然不是。谁 想 要 知道羊毛的颜色？我妈妈教给我的歌词有趣多了。"大黑狼 说着，举起了一只爪子，说出了下面的歌词：

玛丽吃了只小 羊羔，

可她没有感到饱；

她吃了一只又一只，

只 剩 下了一地羊毛。

"谁会关心羊毛是什么颜色的呢？"大黑狼 问。

"我觉得你的歌词太可怕了。"波莉说。

"才不呢。如果玛丽担心小 羊羔四处乱跑，最

好的办法就是把它们放进肚子里。"大黑狼回答。

"你知道的歌曲都是关于吃的吗?"波莉问。

"除此之外,还有什么可唱的呢?"大黑狼语气

轻松地问道。

波莉回想了一下她所知道的歌曲,其中的确有

许多都是关于吃的。《吹号角的小杰克》《唱一首

六便士的歌》里的女王,以及《杰克·史伯特》和《金发

姑娘》里面的那些草莓和奶油,甚至连《去伦敦看

王后》里的猫也吃了在伦敦发现的小老鼠。

"那首关于你的歌也和吃的有关。"大黑狼说。

"你是说那首《波莉把水壶放在炉子上》吗?"波

莉问,她每次听到这首歌都感到有点尴尬。

"对呀。"

"可是，那首歌只简单地提到了'茶'。我觉得不是指那种配着面包、黄油和蛋糕，让你坐下来慢慢吃的茶。它指的仅仅就是从茶壶里倒出来的茶水。"波莉说。

"胡说。它说的一定是一顿下午茶。"大黑狼说。

波莉唱了一遍歌词：

波莉把水壶放在火炉上；

波莉把水壶放在火炉上；

波莉把水壶放在火炉上；

大家都来喝茶了。

假如真的是要吃茶点，歌词里就会提到黄油和

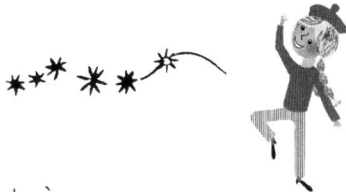

面包，或者会提到把蛋糕盒拿来之类的话。"

"你让朋友们享用了多么差劲的一顿下午茶

呀！现在来看看我的歌词，里面可是真的有内容

呢。"大黑狼说。

"你的歌词说的是什么？"波莉问。

大黑狼说出了下面的歌词：

波莉把水烧开，

波莉把水烧开，

把水倒进大锅里，

然后纵身跳进去……

"我才不会呢。"波莉说。大黑狼没有理会波莉，继

续往下说。

cōng míng de láng zhī dào zěn me zuò
聪明的狼知道怎么做，

ràng tā zhǔ le yì liǎng gè xiǎo shí
让它煮了一两个小时，

dùn làn le Bō lì
炖烂了波莉，

chī le gè jīng guāng guāng
吃了个精光光。

wǒ shì bú huì tiào jin kāi shuǐ li de nà yàng zuò tài chǔn le Bō lì
"我是不会跳进开水里的，那样做太蠢了。"波莉

zài cì shuō dào
再次说道。

nǐ jiù shì tiào jin qu le zhè jiù shì wǒ mā ma jiāo wǒ de gē tā shuō
"你就是跳进去了。这就是我妈妈教我的歌，她说

nǐ hěn bèn
你很笨。"

kě wǒ xiàn zài hái méi yǒu tiào jin fèi téng de kāi shuǐ li duì ba
"可我现在还没有跳进沸腾的开水里，对吧?"

hái méi yǒu dà hēi láng shuō
"还没有。"大黑狼说。

yí zhèn duǎn zàn de tíng dùn
一阵短暂的停顿。

tā guò qù cháng gěi wǒ chàng yáo lán qǔ dà hēi láng yòng mèng yì
"她过去常给我唱摇篮曲。"大黑狼用梦呓

bān de shēng yīn shuō
般的声音说。

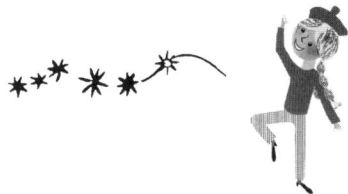

shuí ya
"谁呀?"

wǒ mā ma ya　mā ma chàng gěi wǒ tīng de yáo lán qǔ qǔ diào shū
"我妈妈呀。妈妈 唱 给我听的摇篮曲曲调舒

huǎn　gē cí měi miào　nǐ tīng xià miàn zhè yì shǒu
缓、歌词美 妙 。你听下 面 这一 首 。"

zài jiàn le　pàng bǎo bao
再见了,胖 宝宝,

nǐ de bà ba chū mén dǎ liè le
你的爸爸出 门 打猎了,

tā yào qù Bō lì jiā zhǎo Bō lì
他要去波莉家 找 波莉,

bǎ tā dài hui lai dàng nǐ kě ài de wǎn cān
把她带回来 当 你可爱的晚 餐 。

kě nǐ bà ba cóng lái méi yǒu zuò dào ya　Bō lì shuō
"可你爸爸 从 来没 有 做 到呀。"波莉 说 。

tā zhī dào yào bǎ Bō lì liú gěi wǒ　dà hēi láng shuō
"他知道要把波莉留给我。"大黑狼 说 。

Bō lì ná qi le shù dí　tā fā xiàn zhè cì tán huà jì kě pà yòu wú
波莉拿起了竖笛。她发 现 这次谈话既可怕又无

liáo　bù zhī dào gāi zěn me jié shù
聊 ,不知道该怎么结束。

nǐ yào chuī shù dí ma　dà hēi láng yōu xīn chōng chōng de wèn
"你要吹竖笛吗?"大黑狼忧心 忡 忡地问。

波莉吹起了《橙子和柠檬》的调子。这首歌有点难，吹出来的曲调和她所希望的很不相同。

"那是什么曲子？"大黑狼从篱笆那边伸出脖子，问道。

"是《橙子和柠檬》。"

"听起来更像是《洋葱和肾脏》。"大黑狼说。

"没有《洋葱和肾脏》这样的曲子。"波莉说。

"当然有哇，你刚才演奏的那首就有点像。"

"好吧，那么你就唱你自己的歌吧。"波莉说。

大黑狼于是有腔有调地唱了起来：

洋葱和肾脏，

圣特悉尼的钟说，

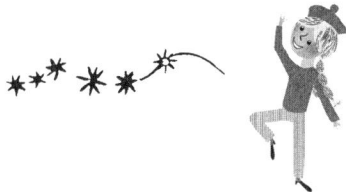

wǒ xiǎng yào xiē gèng tián de dōng xi
我 想 要 些 更 甜 的 东 西，

Shèng bǐ dé de zhōng shuō
圣 彼 德 的 钟 说，

shì shi wǒ men de guǒ jiàng xiàn bǐng
试 试 我 们 的 果 酱 馅 饼，

Shèng bā tè de zhōng shēng shuō
圣 巴 特 的 钟 声 说，

yí gè kǎo hǎo de nán hái
一 个 烤 好 的 男 孩，

Shèng fú yī de zhōng shēng shuō
圣 福 伊 的 钟 声 说，

hé bāo dàn de nǚ hái
荷 包 蛋 的 女 孩，

wǒ men zuì xǐ huan
我 们 最 喜 欢，

wǒ men yào bǎ tā dàng chá diǎn
我 们 要 把 她 当 茶 点。

suǒ yǒu de zhōng dōu tóng yì le
所 有 的 钟 都 同 意 了……

wǒ bù tóng yì   Bō lì jí máng shuō
"我 不 同 意。" 波 莉 急 忙 说。

wú suǒ wèi rú guǒ qí tā rén dōu tóng yì nà me nǐ jiù yào bèi chī
"无 所 谓，如 果 其 他 人 都 同 意，那 么 你 就 要 被 吃

diào zhè shì guī zé   dà hēi láng shuō   tā yuè guo lí ba zhàn dào le huā
掉，这 是 规 则。" 大 黑 狼 说。他 越 过 篱 笆，站 到 了 花

园里,随即又跳到了波莉的窗下。他那长长的

红舌头伸出嘴来耷拉着,牙齿邪恶地龇着。

"再往窗外靠一点,波莉。"他说。

"不可以,妈妈不准我那样做。"波莉一本正经地
回答。

"真遗憾,不过没关系,人人都同意你被我吃
掉,你就在那儿等着吧。等天色再暗一点,我就跳
进去抓住你。"大黑狼说完,躺了下来,打算等
天黑。

波莉飞快地思考着。

"我建议你不要等太久,大黑狼。"波莉说。

"你什么意思呀?"

"因为这样做会很危险。"波莉说。

“对你来说 很危险，对我 却不是。”大黑狼 自信

地 说 。

“大黑狼！你难道不知道那首《男孩女孩出来

玩 》的歌吗？”

“当然知道，一首很蠢的歌，是关于半便士面

包以及孩童玩耍之类的歌。”大黑狼 轻蔑地说。

“我想你妈妈肯定没有教给你正确的歌词。”

波莉说。

“我妈妈可是一个好女……好狼。不准你说她的

坏话。”大黑狼说。

“她教给你的那首歌的歌词是什么呢？”波莉问。

大黑狼闭上眼睛吟唱起来：

男孩女孩出来玩，

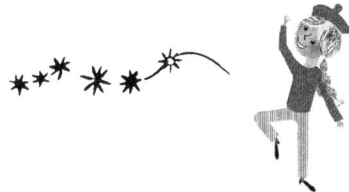

yuè liang qīng huī fàng guāng cǎi
月 亮 清 辉 放 光 彩。

bié chī wǎn fàn bié shuì jiào
别 吃 晚 饭 别 睡 觉,

hé nǐ de wán bàn lái jiē shang
和 你 的 玩 伴 来 街 上 。

hū péng huàn yǒu kuài chū lai
呼 朋 唤 友 快 出 来,

dài zhe wán xīn fǒu zé bié chū lai
带 着 玩 心,否 则 别 出 来。

pá shang tī zi pá xia qiáng bì
爬 上 梯 子 爬 下 墙 壁,

bàn gè biàn shì de miàn bāo jiù gòu wǒ men chī le
半 个 便 士 的 面 包 就 够 我 们 吃 了……

wǒ yǒng yuǎn dōu bú huì xǐ huan zhè shǒu gē de   dà hēi láng shuō zhe
"我 永 远 都 不 会 喜 欢 这 首 歌 的。"大 黑 狼 说 着,

yáo le yáo tā luàn péng péng de nǎo dai
摇 了 摇 他 乱 蓬 蓬 的 脑 袋。

bù guǎn nǐ xìn bu xìn   nǐ de gē cí cuò le   Bō lì shuō
"不 管 你 信 不 信,你 的 歌 词 错 了。"波 莉 说。

nǐ de yì si shì shuō yǒu bǐ bàn gè biàn shì miàn bāo hái yào duō de
"你 的 意 思 是 说 有 比 半 个 便 士 面 包 还 要 多 的

dōng xi   dà hēi láng gǎn xìng qù de wèn
东 西?"大 黑 狼 感 兴 趣 地 问。

yǒu hěn duō hǎo dōng xi   gē cí shì zhè yàng de
"有 很 多 好 东 西,歌 词 是 这 样 的。"

81

呼朋　唤友快出来，

一只熟透的狼就够我们吃了。

把他的肋骨烤一烤，

把他的尾巴做成咖喱饭，

把他的头浸在盐桶里。

波莉说完了。

一阵短暂的沉默。然后大黑狼问："你刚才说要把什么烤熟？"

"一只狼。"波莉说。

"男孩女孩们经常吃狼肉吗？"

"如果烤得很好的话，特别是在午夜的盛宴上是会吃狼肉的。"波莉说完，把竖笛放到嘴边打算演奏这首曲子的前面几小节。

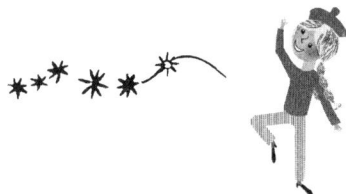

大黑狼跳了起来。

"别吹!"他叫道。

"为什么不能吹呢,大黑狼?我只是要试着调一下音。"

"可是,如果有人听到怎么办?假设你刚才提到的那些男孩女孩……假如他们听到会怎么想呢?"

"我猜,他们可能会以为街上发生了趣事。总之,现在的月亮几乎和白天一样明亮。他们会呼朋唤友来这里的。"波莉说。

"如果他们来了的话,他们会希望……他们也许会以为我在等着……不!太可怕了,不能再想象了。波莉!可以帮个忙吗?"大黑狼哀求道。

"只要你不让我跳进滚烫的开水里就行。"波

莉说。

"多么野蛮的想法,我当然不会那样做呀。我想,你能否克制一下,不要再吹可怕的喇叭了……我是说你现在能否行行好,别再用你那华丽的乐器吹奏美妙的曲子,做点别的可以吗?我……我似乎有点头疼,需要绝对的安静。如果你能安安静静地坐在那里,让我回家吃上几片阿司匹林,然后抱着热水瓶上床睡觉的话,我会对你感激不尽的。"大黑狼说。他越过篱笆,迅速跑到公路上。波莉听到他在喃喃自语:"要把我的尾巴做成咖喱饭!什么主意呀!还要腌制我的脑袋!我都不知道这些男孩女孩将来会变成什么样!"

波莉关上了窗户。夜晚变得很凉。她把竖

笛放进盒子，下楼吃晚餐。晚餐有烤豆子和烤面包。

"你有没有好好练习呢？"波莉的妈妈问她。

"练得非常好。"波莉说。

"那你能在下个星期学校的音乐会上演奏《滚蛋吧，无聊的忧虑》吗？"

"应该可以吧。"波莉嘴上这么说，心里却在想：

"不管怎么样，我会演奏《滚蛋吧，笨狼》，而且我还真的把他给赶跑了。"

5 宠物店外面

chǒng wù diàn wài miàn

波莉站在她家附近的一家宠物店外面，看着橱窗里关在笼子里的宠物。她喜欢那些正在互相嬉戏玩耍的斜眼小猫，也喜欢那些正享用着一个苹果的仓鼠。她在观察一只乌龟，它似睡非睡，不知道是睡着了还是因为太累了。突然，站在她身边的一个家伙开口说话了。

"太无聊了。"那个家伙说。

"什么？什么无聊？"波莉问。

"所有的这些生物，枯燥、乏味、愚蠢。"那个家伙说。

"小猫咪一点都不乏味呀。你看那只有条纹的

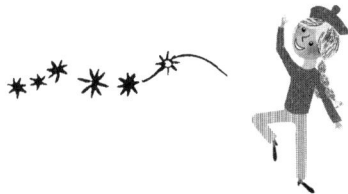

小猫，它正设法去咬自己的尾巴呢。"

"小猫总是这样做，没一点意思。"

"我觉得很好玩呀。"波莉说。那只有条纹的小

猫已经设法把一只爪子放在尾巴末梢，现在想要

猛然扑向它，给它个措手不及。小猫咪腾空一

跃，尾巴也随即翘了起来，这样反而够不着了。小

猫咪看上去又受伤又吃惊。

"真是愚蠢的小动物，根本不知道自己的尾巴

在哪儿。我永远都不会拿小猫当宠物的。"那个

家伙说道。

"那你想要养什么当宠物呢?"波莉问。她有

点猜到这个说话的是谁了，她也很有兴趣想知道

大黑狼究竟会选择什么样的宠物。她严重怀

疑大黑狼会选择一个美味多汁的小女孩当宠物，

而且不会把她当宠物太久，他很有可能很快就会

把她变成晚餐。

"我当然不会选乌龟，它们很无趣，大多数时间

都在睡觉，它们的味道应该和它们的长相一样

淡然无味。"大黑狼说。

"虎皮鹦鹉没在睡觉，我倒是不介意养一只虎皮

鹦鹉当宠物。"波莉说。

"还不够我一口……我的意思是说，它们的语言那

么贫乏，想象一下，整天除了吱吱、吱吱，你什么

都听不到。"

"我想要养只小白鼠。"波莉指着一个笼子，里

面有几只小白鼠在围着轮子不停地奔跑。

"你想要的宠物体型都太小了，为何不找和你的块头差不多大的当宠物呢？"

"你是说像猴子那样的吗？"波莉问。她曾在宠物店里见过一只猴子，当时猴子就坐在一个和它的体型特别不相称的小笼子里，伤心绝望地看着过往的行人。

"啊哈！我可没有说你像猴子，是你自己说的呀。"大黑狼得意地说道。

"我没说呀，我只是想表明猴子比小白鼠大很多。"

"我建议你不要养猴子。猴子又讨厌又恶毒，你永远不知道它何时会转过身来咬你。不是出于饥饿，只是为了吓你。甚至还会拉扯你的头发。"大黑

láng shuō
狼 说 。

wǒ yì zhí xiǎng yào yì pǐ xiǎo mǎ jū   Bō lì shuō
"我一直 想 要一匹小马驹。"波莉 说 。

nǐ zěn me yě nà me   pǔ tōng ne   nǚ hái zi men dōu xiǎng yào
"你 怎么 也 那么……普 通 呢？女 孩 子们 都 想 要

yǎng xiǎo mǎ jū
养 小 马驹。"

xiǎo māo huò xiǎo gǒu wǒ yě bú jiè yì
"小 猫 或 小 狗 我 也 不 介意。"

nà jiù gèng pǔ tōng le   rén rén dōu huì bǎ māo ya gǒu ya dàng chǒng
"那 就 更 普 通 了。人 人 都 会 把 猫 呀 狗 呀 当 宠

wù   nǐ wèi shén me bù xuǎn bǐ tǎo yàn de māo hé gǒu gèng yǒu qù de ne
物。你 为 什 么 不 选 比 讨 厌 的 猫 和 狗 更 有 趣 的 呢？

cóng lái méi yǒu rén xiǎng dào guo de
从 来 没 有 人 想 到 过 的 ？"

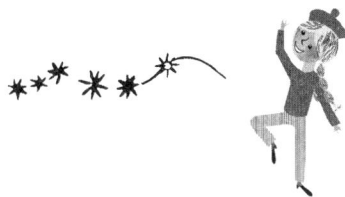

"你是说，像蛇那样的吗？"

"当然不是，我也不想要蛇。莫非这就是你想得到的最好的宠物吗？"大黑狼生气地问。

"我想要一只小鳄鱼，它可以在我的浴缸里游泳。不过，我想等它长大了，就没办法留住它了。"波莉说。

"你当然留不住它。假如它和你一起洗澡的话，等你从浴缸里出来，你就已经所剩无几啦。我想到了完全不同的物种，你难道就猜不到吗？"

"海豚吗？它们应该很聪明吧。"

"不是海豚，我不知道为什么有人会对养鱼感兴趣。我想到的既不是鳄鱼，也不是虎皮鹦鹉或海豚。这个动物的块头很大，有四条腿、一根尾巴，而且它

还特别聪明，比任何你能想到的动物都要聪明。"大黑狼说。

"它会说话吗？"

"它当然会说话呀，你应该知道的。"

"是鹦鹉。"波莉说，她忘记四条腿的事了。

"不是鹦鹉，鹦鹉太笨了。它们就只会说'聪明的波莉'，这没有任何意义。"大黑狼急忙说道。

"块头很大，很聪明，有四条腿。它有大耳朵吗？"波莉问。

"大到足以让它听到所有值得一听的东西。"大黑狼说，他的耳朵竖了起来。

"一头驴。"波莉说。

"呸！注意你的言行。驴子可一点儿也不聪明。

它们动作迟缓又非常固执。我说的这个动物可

是很有头脑的……"

"我知道了,它永远不会忘记任何事情。"波莉

叫道。

"是的!"大黑狼说。

"它有一个长鼻子吗?"

"长鼻子?它的鼻子可不像你们人类那种翘

起的、无用的小鼻子。它的鼻子非常优雅、非常

灵敏。"

"是大象。"波莉确信这次自己猜对了。

"不是大象,说真的,我想不起曾经遇到过比

大象更没脑子的动物了。"大黑狼断言。

"不是海豚,不是驴子,不是蛇,不是大象。你再跟

我多说一点它的情况吧。"波莉恳求道。

"这种动物非常锋利。"大黑狼说。

"是刺猬,它们的刺很锋利。"

"刺猬没有毛发。"

"你刚才没有提到毛发呀。"

"我没有说吗?我准是忘记了。我想到的这个动物有着厚厚的优雅的皮毛外套。"大黑狼说。

"什么颜色?"波莉问。

"黑色,黑如乌木。"

"鼹鼠。鼹鼠有着黑色天鹅绒般的外套和长长的鼻子。"

大黑狼不耐烦地跺了跺脚。"你真的太蠢了。鼹鼠是瞎子,或者可以说几乎是瞎的。它们生活在

地底下。我……我的意思是说，我想到的这种动

物生活在地面上，生活方式与鼹鼠截然不

同……"

"它很温柔吗？"波莉问。

"温柔得就像一只小羊羔。"大黑狼微笑着露

出锋利的黄牙，希望这是令人愉悦的微笑。

"它会杂耍吗？"

"杂耍？"大黑狼吃惊地重复道。

"它能抓住抛向空中的糖吗？能把糖放

在鼻子上保持平衡吗？会乞讨食物吗？"波莉问。

她很喜欢这次的谈话。

"当然不会，它才不会玩这种愚蠢的游戏。杂

耍？真是的！它又不是小丑。至于说到乞讨，它

当然也不会。为什么一只正直而又自尊的……动物会被迫去乞讨食物呢?"

"好吧,那么它会做什么呢?为什么你认为它会是个好宠物呢?"波莉问。

"它的教养很好。大多数人都希望他们的宠物有着比较好的教养。这只宠物块头很大,能照顾好自己;它很忠诚,一直在追……我的意思是说,追随同一个人已经很多年了,从来就没有追随过其他人。"

波莉也想到了这点。

"我懂了。你推荐的宠物块头很大,有着黑色的毛皮外套。它有着长长的鼻子和大大的耳朵,不会耍杂技,多年来一直忠实地追随着同一个人,

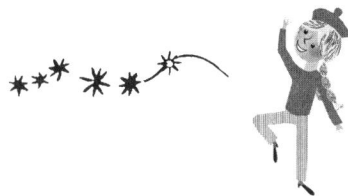

duì ma
对吗?"

chà bu duō shì zhè yàng　　dà hēi láng shuō
"差不多是这样。"大黑狼说。

kě shì　jiǎ rú tā zhuī suí yí gè rén duō nián què yì zhí méi néng chéng
"可是,假如它追随一个人多年却一直没能成

wéi zhè ge rén de chǒng wù　nà wǒ jué de tā yí dìng méi nà me cōng
为这个人的宠物,那我觉得它一定没那么聪

míng ba
明吧。"

ā hā　kě shì　zhǐ yào bǎ tā dài huí jiā dàng chǒng wù　zhǔ rén hěn
"啊哈!可是,只要把它带回家当宠物,主人很

kuài jiù huì fā xiàn zhè ge chǒng wù bǐ yù xiǎng de yào cōng míng　　yào kě
快就会发现这个宠物比预想的要聪明……要可

97

爱。"大黑狼 说。

"那没什么用的,大黑狼。我才不 想 要一只又大又黑浑身是毛的 宠 物。尤其它还 长 着 长 长的耳朵、长 长 的鼻子,还有许多 锋利的牙齿。我的爸爸妈妈不希 望 我 养 会 说 话 的 宠 物,他们 甚至都不喜欢我 养 小 白鼠,或是仓鼠。所以,今天我不要 宠 物了,非 常 感谢你。"波莉说 完就往自己家的 方 向 走去,留下大黑狼 站 在 宠 物店外面对着橱 窗 咧嘴傻笑,以此来吓唬一只无辜的天竺鼠。可是,天竺鼠根本不在乎大黑狼那又 长 又 黄 的牙齿,尽 管 它们就在玻璃 窗 的另一边 晃 来 晃 去。

6 陷阱

"你觉得那边的那个东西是干什么用的?"波莉问姐姐珍妮。她们站在门口,看着一个不同寻常的东西正放在她们家花园的小路上。

"从侧面看,像是一个包装箱。"珍妮说。

"可是为什么它的盖子要系在绳子上呢?"

"不知道。不管怎样,反正很无聊,而且散发出的味道真是难闻极了。"珍妮说完,把波莉留在门口,自己回屋了。

"我看你是很崇拜我的……我的最新作品吧。"大黑狼突然从箱子的另一边冒了出来,说道。

"我不知道那是你做的,大黑狼。是什么呀?"波

莉问。

"我不能告诉你,你这个愚蠢的小女孩。如果告诉你它是做什么用的,到时候你就不会感到惊喜了,对吧?"大黑狼故意为难地说。

"是份礼物吗?"波莉问。她知道惊喜有时候就是指礼物。

"当然不是,我为什么要送礼物给你?"大黑狼说。

波莉也想不出大黑狼会送礼物的好理由。她接着问:"为什么要把盖子系到绳子上呢?"

"啊哈!那可是个极其聪明的主意呢。一旦有人去拿我放在盒子里面的肉,就会掉进那个……掉进那个盒子里,绳子就会松开,盖子就会猛然关上,就

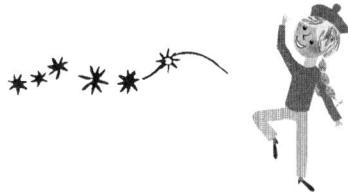

像变戏法似的。嘿！我就抓到猎物了。"

"然后会发生什么呢？"波莉问。

"我就进去把她给吃掉。用那块美味的肉当餐后甜点。"大黑狼说完，闭上眼睛舔了舔嘴唇。

"就像捕鼠器吗？"波莉说。

"对的，就像捕鼠器。但我不想抓老鼠，我不太喜欢吃老鼠。老鼠有太多的胡须和骨头，根本不值得吃。"

"不是用来抓老鼠，那么是要抓谁呢？"波莉问，尽管她已经猜到大黑狼的用意。

"你的问题太多了，你为什么总想知道答案呢？"

"我是在想，你要抓的猎物是否会对生肉感兴

趣。"波莉说。

"每个人都对生肉感兴趣。"大黑狼说。

"我就不感兴趣。"

一段短暂的、震惊的沉默。

"你再说一遍。"过了一会儿,大黑狼说。

"说什么?"

"你说……我想你刚才是说……也许是我听错了。我仿佛听到你说,你对生肉没有兴趣?"大黑狼说。

"是的,我不喜欢吃生肉。"波莉说。

"你的意思是说,假如你看到一个看起来极其普通的……木箱子里头有一块美味的生肉,你是不会爬进去拿的,是吗?"大黑狼问,似乎难以相信他刚

才听到的话。

"不会，我才不会爬进去拿呢。尤其是闻起来就像你在里面的话。"波莉说。

又是一阵短暂的沉默。

"哦，真是活到老学到老，我现在必须走了。很高兴见到你，波莉。毫无疑问，我们还会再见面的。"大黑狼伤心地说。他沿着小路往回走，身后拖着那个不成功的陷阱。

"他还会回来的。"波莉想。以她和大黑狼打交道的经验来看，她知道，要想让大黑狼放弃一个他自认为很棒的主意，是很艰难的。

"路又不通了。"波莉的爸爸气恼地说着走进家门，他开车开了很长一段路才回到家，却发现车库

外面有个大洞。

"这次是要做什么呢？安煤气、装电线，还是排水管呢？"波莉的妈妈一边问，一边用勺子给家人盛热汤。

"没问，那儿没人。没有灯，也没有告示，就像在干见不得人的勾当。"波莉的爸爸说。

"我明天去看看，小心，汤很烫！"波莉的妈妈说。可是话说得太晚了，波莉的爸爸已经烫到了舌头。

第二天早餐后，波莉站在花园里往外看，看到了路上的那个洞。就像她爸爸说的，没有防护栏也没有灯，只有一个身穿蓝色工装裤的大个子工人，正在用老式的鹤嘴锄挖着路面。

"你为什么要挖那个洞啊?"波莉从门口喊道。

那个工人停了下来,看了看波莉。他摇摇头没说话,接着又挖了一锄头。

"是要装电线吗,还是装煤气,或者安水管?"波莉问。

"你不要管它是做什么用的。不要再问,否则你只会听到谎言。"那个工人上气不接下气地说。

波莉想了一下。可是有的人,你即使不问他问题,他也会说谎的。

"你还要挖一个更大的洞吗?"此时,工人在第一个洞旁又挖了一个小洞,所以波莉又问。

"要挖一个巨大的洞。"工人说着跳上一处开裂的边缘。只听一声大叫,工人随即消失无踪。

他脚下的边缘塌陷了。过了一会儿,他的头顶才出现在路面上。

"你看到了吧?"他一边问,一边从洞里爬了出来。

"我希望你能告诉我,这个洞是干什么用的。"波莉说。

"不能告诉你。"工人说完,举起锄头又挖了一锄。

"是一个秘密吗?"波莉问,她喜欢秘密。

"是秘密。"工人随口应和。他又举起了锄头,对准路中间的那个洞重重地挖了一大锄。

突然传来一阵爆裂声和嘶嘶声。波莉赶紧后退几步,退回花园里。只见一股大约有三米高的

水流，从被锄头击中的自来水管里喷了出来。那个工人仿佛站在淌水的浴缸下面，他脚下的路面迅速变成了一条流动的泥沙河。

"喔！呼！阿嚏！"那个工人一边叫，一边试图挣脱瀑布般的水流。"你为什么不做点事呢？阿嚏！"他生气地冲着波莉喊，波莉远远地站在花园树篱的另一头，没有被淋到。她饶有兴趣地看着这一切。

"工程师！警察！消防队！"那个工人气急败坏地叫道。他捡起锄头对着水喷出来的地方猛烈一击。又一阵震耳欲聋的爆炸声，蓝色的火焰在瀑布上噼啪作响。工人不仅成功地击中了水管，还成功地击中了电缆。

一个怒气冲冲的女人出现在波莉家隔壁的房

zi mén kǒu
子门口。

wǒ jiā duàn diàn le   nǐ qiē duàn le wǒ jiā de diàn   tā zhǐ zhe hún
"我家断电了,你切断了我家的电。"她指着浑

shēn shī tòu láng bèi bù kān de gōng rén shuō
身湿透、狼狈不堪的工人说。

wǒ cóng lái méi yǒu pèng guo nǐ jiā de diàn   nà ge gōng rén shuō
"我从来没有碰过你家的电。"那个工人说。

tíng diàn le   wǒ nà zhǐ měi wèi de jī cái kǎo dào bàn shú   nà ge nǚ
"停电了!我那只美味的鸡才烤到半熟。"那个女

rén shuō
人说。

nǐ shì shuō kǎo dào bàn shú de jī ma   gōng rén jí qiè de wèn dào
"你是说烤到半熟的鸡吗?"工人急切地问道。

tā hún shēn shī tòu kuài bèi shāo jiāo le   dàn tā yě è le   shuǐ hái zài tā de
他浑身湿透,快被烧焦了,但他也饿了。水还在他的

jiǎo xià gǔ gǔ de yǒng chu   dàn tā sì hū hún rán bù jué
脚下汩汩地涌出,但他似乎浑然不觉。

wǒ huí jiā bō dǎ jǐn jí hū jiù diàn huà   Bō lì shuō   tā huí jiā ná qi
"我回家拨打紧急呼救电话。"波莉说。她回家拿起

diàn huà fā xiàn huà tǒng méi yǒu shēng yīn   wā dòng de gōng rén bǎ diàn huà
电话,发现话筒没有声音。挖洞的工人把电话

xiàn hé qí tā xiàn lù dōu qiē duàn le   zài zhè zhī hòu zhè tiáo lù bèi fēng
线和其他线路都切断了。在这之后,这条路被封

suǒ le hǎo jǐ tiān   lái zì chéng shì gòng shuǐ jú de rén   lái zì Lún dūn diàn
锁了好几天。来自城市供水局的人、来自伦敦电

力局的人和从 邮局赶来的人,修补了所有的碎片,最

后把路 面修复回原来的 样子。

"你那样 做太不明智了。"波莉从二楼的 窗 口

向外看着大黑狼 说。他 正悲 伤 地凝视着路

上 的一个大疙瘩。不久之前,他在那里挖出了那个倒

霉的大洞 。

"我怎么知道那里有那么多的 管子呀、电线呀

什么的。"他咕哝 着,把一块 松 动 的石头踢进了排

水 沟里。

"你难道没见过人们挖路或是挖人 行道吗？里

面 总有很多的管 道和电线,全部混杂在一起。"

"没有人告诉过我。"大黑狼闷 闷不乐地说 。

"可是,你究竟为 什么要挖那个洞呢？你难道是

想要从那里挖条路去澳大利亚吗?"波莉问。

"我亲爱的波莉,你难道不知道澳大利亚是在世界的另一端吗?离这里差不多有两万公里呢。"

"我只是想,也许你认为可以直接挖洞到那儿去。"波莉说。

"穿过那些缠绕的电线和管道吗?不了,谢谢。不管怎么说,假如澳大利亚在两万公里开外,它怎么可能在我挖的洞的底部呢?"

"因为世界是圆的呀,澳大利亚就在我们的脚下。"波莉说。

大黑狼叹了口气。

"我不知道你是真的蠢还是假装蠢,或者你说这些只是为了让我烦恼。世界当然不是圆的,人

人都看得出，世界是平的。如果它是圆的，"大黑狼

继续说，使劲地思索着，"有些人就会掉下去。头朝

下，颠倒过来，啪！请你别再胡说八道了。"他冷冷

地补充说。

"好吧，那你挖那个洞做什么呢？"波莉问。

"这是秘密。"

"洞都已经不在了，还是个秘密吗？"波莉问。

"当然是呀，这可是极其聪明的计划的一部分。

我会另找时间、另找地方成功执行的。"大黑

狼说。

"假如你想挖一个大洞的话，为什么不去试试比

公路好挖的地方呢？比如说，为什么不去挖田地？

怎么不去西斯公园挖呢？"

大黑狼考虑了一下这个提议，然后问道："你经常去西斯公园散步吗？"

"几乎每天都去。"

"再见，波莉。我刚想起来还有些急事要处理，希望很快又能见到你。"大黑狼说。

波莉看到他匆匆忙忙地往西斯公园的方向去了。波莉此时已经完全清楚，他所谓的急事是什么了。

果然，几天过后，当波莉和姐妹们从西斯公园散步回家的时候，听到了大声的喘息声。然后，看到有个影子在一小块被低矮的灌木丛围绕着的草地上使劲地干活。

"嗨！"三个女孩走近后，那个人朝她们打招呼。

“你想要干什么？”波莉回应道，谨慎地躲到

灌木丛后面，把自己和干活的人分开。

“你们过来，看看我在做什么。不对，我不是那个

意思。过来看看我没在做什么。不对，这样说也不

对。过来这里，但不要看我在做什么。”大黑狼靠在

铁锹上说。

“你的意思是说，径直走到你那儿去，但是不要看

路面吗？”

“正是。”大黑狼高兴地说。

“你是要我径直走向你，但是眼睛却看别处

吗？”波莉说。

“你也可以把眼睛闭上。事实上，这是最好的

方式。”大黑狼说。

“我觉得，我还没有聪明到可以闭上眼睛在灌木丛中穿行。”波莉说。

“你怎么那么笨呀，真是太可怕了。”大黑狼露出牙齿、笑容灿烂地说。

“那你能做到吗？”波莉问。

“当然啦。”

“也许你可以给我做下示范，我就知道怎么做了。”波莉提议。

“这个简单。”大黑狼说。

“那么你就示范给我看吧。”波莉说。

那只狼走到灌木丛中那块草地的尽头，然后闭上了眼睛。

“就像这样。”他说。

"然后呢?"波莉问。

"你只管大胆地往前走,走过这块漂亮的草地,就像这样。"大黑狼说着,继续往前走。

"我想我们该回家喝茶了。"波莉对她的姐妹们说。当她们转身回家的时候,身后突然传来一声巨响。

"什么声音呀?"露西停下了脚步,问道。

"也许有人摔倒了。"珍妮说。

"是掉到了一个大洞里。"波莉说。

"为什么有人要挖一个大洞,然后自己再掉进去呢?"露西问。

"因为呀,"波莉回答,"他不是一只聪明的狼。"

大黑狼求爱记（1）

"我终于明白自己错在哪儿了。"大黑狼说。他正在读一本最喜欢的书。这是一本讲述聪明的动物们的故事集：王子和公主、邪恶的女巫和可怕的龙之间的故事。大黑狼还是幼崽的时候，妈妈就把这本书送给了他，并且告诉他，他想要知道的一切都可以在这本杰出的书里找到答案。

"我所犯的错误就是，以为用点小把戏就可以抓住她。虽然尝试过各种出其不意的方法，但她都逃掉了。我现在终于知道抓住波莉的正确方法了，我要试试与以往截然不同的方法。"大黑狼自言自语道。

几天后,波莉正坐在花园前的秋千上,看到大黑狼小心翼翼地走在马路上,头上戴着一顶小小的金色纸王冠,一只手里握着一根短小的棍子。他走到花园门口就停了下来,倚靠在门上。

"下午好,波莉。"他说。

"下午好,大黑狼。"波莉回应。

"我希望你一切都好。"大黑狼说。

"我很好,谢谢你,大黑狼。"

"我在想……"大黑狼一边说,一边环顾着四周。他的目光落在了波莉的妈妈几个月前精心种下的郁金香花坛上。

"我在想,你能否好心给我喝杯水?我在炎热和

灰尘中走了很远的路。"大黑狼说。

波莉是个好心肠的女孩。看到大黑狼伸出

长长的红舌头，眼睛上翻，口渴难耐地喘着

气，她不忍拒绝他的请求。于是她走进房间，过了两

三分钟，拿着一杯冷水走了出来。令她惊讶的是，

她把水递给大黑狼时，他并没有立刻接过去，反而递

给波莉一大束黄灿灿的郁金香。

"送给世上最美的人儿。"大黑狼说着，鞠了一

躬。他头上的纸王冠掉了下来。他快速地捡起

王冠，又把它戴回头上，一只耳朵使劲地向旁

边倒。

波莉看了看花园。

"大黑狼！这是我家的郁金香，你竟然把它们全

摘了。这可是我妈妈最得意的花，她会大发雷霆的。"波莉说。

"像你这样美丽的公主，送你什么都不过分。"大黑狼说，似乎全不在意波莉的妈妈。

"可我又不是公主。"波莉说。

"对我来说，你就是公主。而我，就是王子，你难道没有看到我的王冠吗？还有我的权杖？"他指着那顶歪歪斜斜的纸王冠，左爪子挥舞着小木棍。

"我不明白……"波莉开口说。

"你可真是蠢得无可救药！"大黑狼刚说完，忽然想起了他的新计划，于是又匆匆忙忙地补充道，"你不蠢，也许，你只是对新情况的理解稍微有

点慢。"

"我该怎么处理这些花呢?"波莉郁闷地看着郁金香问。

"当然是插到水里呀。"大黑狼说着,拿过波莉手中的花,把它插到波莉刚从屋里拿出来的水杯里。

"我还以为是你又热又渴呢。"波莉说。

"不过是个聪明的伎俩而已。只有这样,你才会回屋帮我拿水杯呀。而我,也才能为你采摘下这些美丽的花儿。"大黑狼自鸣得意地说。

"你为什么要送花给我呢?"

"啊哈!"大黑狼说。

"啊哈什么?"波莉问。

"啊哈！我有了个新计划。我现在明白了，波莉，我总是想要悄无声息地抓住你，那样是错误的，我也不该乘你不备时去抓你。对于漂亮的年轻女孩来说，不应该猛然扑上去，而是要温柔地接近她们，追求她们。这就是我今天来这里送花给你的目的。当然，我会送给你常规的三件礼物。"大黑狼说。

"常规的三件礼物？是什么呀？"波莉问。

"我的书上说，有些东西是很难找到的。比如说，世界上最小的狗，世界上最漂亮的公主。但是，我当然不需要去找她，因为你就是最漂亮的公主。"大黑狼匆忙说道。

"其他的礼物呢？"波莉很感兴趣。

"你可以要求我一夜之间在你的门外建起一座华丽的宫殿。"

"你做得到吗?"

"我得好好试一试。"大黑狼谦虚地回答。

"还有其他礼物可选吗?"

"你还可以要一只金鸟,或者生命之水,或者由月光制成的裙子。"大黑狼说。

"你是说你能找到这些东西吗?"

"当然了,王子总能完成为他设定的任务。"大黑狼回答。

"就像杀死一条龙吗?"波莉问。

大黑狼犹豫了一下,说:"就你所知,现如今,这附近还有龙吗?"

"应该没有很多吧。不过杀死龙是勇敢的王子在得到公主前必须要做的事情之一呀。"

"你父亲知道某种特别的龙吗？就是那种脾气非常温和的龙，就算和人打斗也顶多动动手指头，然后就很快假装被击败并装死。你懂的，也就是假装搏斗那么一小段时间而已。你父亲认识那样的龙吗？"大黑狼问。

"没有，我想我爸爸根本就不认识龙吧。"波莉说。

"最近有没有邻居抱怨说，在花园见到了龙呢？或者，在屋里？"大黑狼问道。

"我没听说过。"波莉说。

"那么我们就把龙的事忘了吧，好吗？既然周围

没有人因为龙而困扰,那么出去寻找龙也没有什么意义。我的老姑妈常常说,'就让沉睡的龙躺着吧',噢,事实上就是'死'的意思。就让沉睡的龙死去吧,在它们的巢穴里安安静静地死去。我们可不想制造什么麻烦,对吧?"

波莉回想起早前大黑狼想要抓住她所做的种种尝试,她才不相信大黑狼不想制造麻烦呢。有一次,大黑狼还想要把她家的房子吹倒呢,那可不是什么安安静静的行为。

"那么,下一个礼物你想要什么呢?宫殿、金鸟,还是世上最小的狗?你最想先要什么呢?"大黑狼问。

"我还是想要最小的小狗,拜托了。"波莉没有

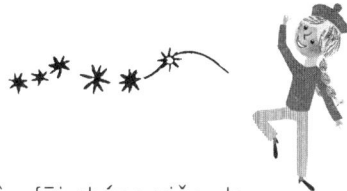

忘记父母不让她养大型宠物的事,非常小的

小狗可以躲在她的玩具柜里。假如是特别小的小

狗,还可以放在她珍藏宝贝的盒子里。

"那我明天再来。"大黑狼说完就走了。

第二天下午晚些时候,大黑狼来到了波莉家花

园的门口。他还是戴着那顶纸王冠。但是这一

次,他把棍子别在身后,爪子抓着一个牛皮纸袋。

大黑狼倚靠在门口。

"波莉!"

"哎,大黑狼?"

"我给你带来了我对你承诺过的东西,世上最

小的小狗。"

他把牛皮纸袋递给了波莉,波莉急切地朝里

zhāng wàng
张 望。

méi yǒu xiǎo gǒu zhǐ yǒu hěn duō jiān guǒ Bō lì shuō
"没有小狗,只有很多坚果。"波莉说。

dāng rán luo yǒu shuí huì bǎ xiǎo gǒu fàng zài zhǐ dài li ne xiǎo gǒu
"当然啰,有谁会把小狗放在纸袋里呢?小狗

men de tuǐ huì zài lǐ miàn luàn tī luàn dēng jiǎo zài yì qǐ de nǐ nán dào
们的腿会在里面乱踢乱蹬,绞在一起的。你难道

bù zhī dào shì shang zuì xiǎo de xiǎo gǒu dōu shì cóng jiān guǒ li chū lai de
不知道,世上最小的小狗都是从坚果里出来的

ma dà hēi láng wèn
吗?"大黑狼问。

wǒ bù zhī dào bà ba mā ma shì fǒu yǔn xǔ wǒ yǎng nà me duō de xiǎo
"我不知道爸爸妈妈是否允许我养那么多的小

gǒu Bō lì shuō zhe yòu wǎng dài zi li kàn le kàn lǐ miàn zhì shǎo yǒu sì
狗。"波莉说着,又往袋子里看了看,里面至少有四

shí gè zhēn zi
十个榛子。

wǒ xiāng xìn bìng bú shì měi gè jiān guǒ lǐ miàn dōu huì yǒu xiǎo gǒu de
"我相信并不是每个坚果里面都会有小狗的。

cháng yán dào méi dǎ kāi de jiān guǒ yǒng yuǎn bù zhī dào yǒu méi yǒu dà
常言道,没打开的坚果永远不知道有没有。"大

hēi láng shuō
黑狼说。

nà nǐ zhī dào nǎ xiē jiān guǒ li yǒu xiǎo gǒu nǎ xiē lǐ miàn méi yǒu
"那你知道哪些坚果里有小狗,哪些里面没有

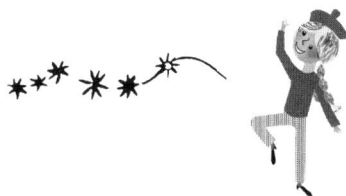

吗?"波莉问。

"我不是很确定,它们看起来都一个样。我们最好打开几个看看……"

"那我去拿胡桃夹子。"波莉说着往屋里走去。

"噢不,你不用去拿。我知道你想干吗。你是想进屋后就再也不出来了。我可以用牙齿把坚果咬开。"大黑狼说。

"可是,大人们总叫我不要那样做。"波莉说。

"那是因为你的牙齿又小又无力。现在,你选一个坚果,我来帮你咬开。"大黑狼说。

波莉从袋子里拿出一个坚果递给了大黑狼。大黑狼把坚果放在牙齿之间咬开,然后递给了波莉两个壳。里面没有小狗,只有普通的坚果仁。

"你选错了。"大黑狼责怪波莉。

"你说过坚果看起来都差不多的。"波莉提醒他。

"咱们再试一个吧。"大黑狼说。

第二个坚果里面除了果仁外,也没有其他东西。大黑狼迅速地把坚果仁给吃了。他指了指纸袋,波莉拿出了第三个。但这个坚果里面却空无一物。

"也许不是这种坚果,这种里面不会有小狗。"波莉提议说。

"胡说!书上清楚地写着,世上最小的狗就是从榛子里面出来的。问题是你没有找到那个正确的坚果。继续找吧,肯定就在这里面的某一个坚果中。"大黑狼说。

大黑狼迅速地咬开一个又一个坚果,但是每一个

都令人失望，里面除了普通的果仁外，没有其他东西。大多数里面都有果仁，大黑狼也很快消灭了它们，他一个坚果仁也没有给波莉吃。他的身边落下坚果壳的速度越来越快，他几乎还没来得及吃完，就又开始咬下一个坚果。现在，纸袋里的坚果只剩下最后一个了。波莉正要把它拿出来，大黑狼忽然咳嗽起来，唾沫星子乱飞。他被呛着了。

"嚎！咳！咳！嚎！咳！咳！"大黑狼叫道。

"是不是刚才吃的坚果仁卡在嗓子眼里了？"波莉问。

大黑狼咳嗽着点点头。他还是说不出话来。

波莉等到大黑狼恢复过来后才说："大黑狼，现在只剩下一个坚果了。"

"太棒了，小狗肯定就在这个坚果里。你做好

准备迎接世上最小的小狗吧。"

大黑狼小心翼翼地咬开最后一个坚果，把坚果

壳吐了出来，然后用爪子把剩下的东西递给波莉。

"不是小小狗。"波莉说。

"你确定吗?"大黑狼问。

"非常确定，就是普通的坚果仁，和其他坚果里

的东西一样。"波莉说。

"肯定还剩下一个坚果。"大黑狼说。

波莉往纸袋里看了看。

"没有了，这真的是最后一个了。"

大黑狼搔了搔脑袋。

"太奇怪了!打开了这么多坚果，里面居然没有

一只小狗。事实上，任何坚果都没法装下无论多小的狗吧！"

大黑狼想了想。

"我提议，我们还是忘掉小狗的事吧。往好处想，我还是送了你一份礼物。毕竟，我给你带来了很多坚果。假设二十个坚果等同于一只小狗，我算是非常慷慨的了。想想小狗才多大点哪。"

"不，我要的是世上最小的小狗，这些坚果根本不作数。"波莉说。

"不对！我忘记了，其中一个坚果里面的确有世上最小的小狗。"大黑狼叫道。

"可我没有看见哪。"波莉说。

"是的，最为不幸的就是你没有看见。为什么呢？

完全是因为我把它给误吞下去了。就在倒数第二个

坚果里面。就是那个让我呛到的坚果，你还记

得吗？"

"我记得，可是……"波莉说。

"那个就是世上最小的小狗。"

"我怎么会知道呢？"波莉问。

"如果不是的话，为什么那是唯一让我呛到的

坚果呢？其他坚果仁我吃下去都没有问题，只有小

狗所在的坚果没有像其他坚果仁那样顺畅地

滑进我又长又红的食道。它选择了截然不同的路

径。我现在想起当时舌头的感觉，仿佛有个小

动物在上面跑过似的，不过，跑错了方向。"大黑

狼说。

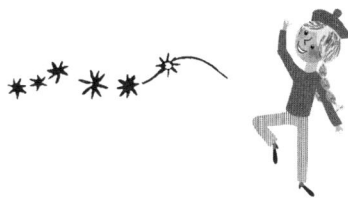

“我不相信。”波莉说。

“我还听到它在叫，就在它被咽下去之前。你准是也听到了。”

“我没有……”

“但你必须承认，那颗坚果和其他坚果完全不同。”大黑狼着急了。

“那是因为你吃得太急了。”

“是小狗太着急了。这就是这些小狗的麻烦之处。它们总是迫不及待地想要知道，什么对它们来说是最好的。”

“不管怎么说，你没有送给我任何小狗。”波莉说。

“可我的确把它带来了。”大黑狼争辩道。

"然后，你把它给吃了。"

"完全是个失误，我并不想那么做。"大黑狼叫道。但是已经于事无补，波莉走进屋内，啪的一声把门关上了。

"我还会回来的。明天我就会带来第二份礼物。"大黑狼承诺道，"也许明天，我还会给你盖一座宫殿。"他冲着紧闭的房门叫道。

可是波莉再也没有出来，大黑狼只好伤心地回家去了。

8 大黑狼求爱记（2）

"波莉！我给你带来了第二份礼物。"大黑狼站在往常站的地方——波莉家花园的外面，大声喊。

"你真是太好了，大黑狼。"波莉说。

"你走近一点儿，我把它放在你的脚边吧。"

"我就走那么近吧，这样可以了。"波莉站在离大门不远的地方，说。就在头一天，她曾走到门口递给大黑狼一杯水，还朝纸袋里张望，希望能看到世上最小的小狗。她当时忘记了大黑狼是多么不值得信赖。

"你那么年轻就如此多疑，真是让人难过。"大黑

137

láng shuō
狼 说 。

jiǎ rú wǒ bù duō yí　yě cóng lái méi yǒu nián qīng guo　nà jiù gèng bēi
"假如我不多疑,也从来没有年轻过,那就更悲

āi le　Bō lì shuō
哀了。"波莉说。

ò　nà hǎo ba　wǒ men lái tán diǎn bié de　wǒ gěi nǐ dài lai le yào
"哦,那好吧,我们来谈点别的。我给你带来了要

yíng dé nǐ de sān fèn lǐ wù zhōng de dì èr fèn lǐ wù
赢得你的三份礼物 中 的第二份礼物。"

shì shén me ya　Bō lì wèn dào
"是什么呀?"波莉问道。

dà hēi láng jǔ qi le yí gè wǎng dōu
大黑狼举起了一个 网 兜。

tài bù xún cháng le　wǒ yuán běn yǐ wéi zhè xiàng rèn wu shì zuì nán
"太不寻常了!我原本以为这项任务是最难

wán chéng de　wǒ hái zài xiǎng huò xǔ bù kě néng wán chéng le　dàn wǒ
完成的。我还在想或许不可能完成了。但我

xiàn zài kě yǐ hěn gāo xìng de gào su nǐ　zhè xiē dōng xi dào chù dōu kě yǐ
现在可以很高兴地告诉你,这些东西到处都可以

mǎi dào　ér qiě bú shì hěn guì
买到,而且不是很贵。"

shì shén me ya　Bō lì wèn　tā jí yú zhī dào dì èr fèn lǐ wù shì
"是什么呀?"波莉问,她急于知道第二份礼物是

shén me
什么。

138

大黑狼把一只爪子伸进了袋子里，拿出一个又大又黄的苹果。

"金苹果。"他从门口滚了一个苹果给波莉，波莉把它捡了起来。

"我觉得这个苹果不是金子做的，大黑狼。"波莉说。

"什么？我来说说售货员的原话吧。'这是什么苹果？'我问，售货员回答说：'金苹果。'"

波莉咬了一大口苹果。"如果是纯金做成的苹果，我不可能咬得动啊。"她说。

"准是出错了。也许下一个就是……"大黑狼说着又在口袋里摸索起来。他拿出了第二个苹果，和第一个一模一样。

"这个也不是金苹果。你咬一口看看吧。"波莉说。

"噢,不,你别想用这种方式抓住我!你是想让我傻傻地去咬这个用真金做成的苹果,这样我的牙齿就会变钝。然后,我就不能像吃脆脆的培根那样把你吃掉了。噢,不!"

"随你的便,那你就不要吃了。即使不是由金子做成的苹果,味道也非常棒,你不吃有点浪费了。"

"售货员就是这样说的,他说这些苹果是黄金的,而且很美味。"大黑狼说。他用爪子拿起苹果闻了闻,然后小心翼翼地用牙齿刮了刮。很快,第二个苹果就消失无踪了。

"第三个苹果肯定是金苹果。那个售货员好心地给了我两个美味的苹果,这个,这最后一个,一定是金苹果。你不能指望用三十便士买到更多的金苹果。"大黑狼等嘴巴一空出来,就开始说个不停。

"那个也不是金苹果。"看到大黑狼从袋子里拿出苹果后,波莉说。

"可是售货员向我保证……"大黑狼又要开始说,被波莉打断了。

"大黑狼!这种苹果就叫作金苹果,这是它的名字。就像我叫波莉,其他的苹果有的叫作'艇长苹果',或者叫'绿苹果'。这种黄色的苹果就叫作'金苹果',并不是说它们真的是金子做成

141

的。"波莉说。

"为什么售货员没有好好地给我解释清楚呢?

我明确地告诉他说,我要买金苹果,他却卖给我这

些愚蠢的东西。"大黑狼生气地说。他把第三个

苹果丢到门口。苹果滚过草地滚落到沙坑里,

小胖子露西正坐在那里掩埋她不喜欢的洋娃娃。

她根本没有抬头看一眼,就捡起苹果吃了起来。

"既然那个可怕的小孩在吃我的最后一个苹果,我

就走了,怀着难过、痛苦、失望的心情。但我很快

会带着第三份,也就是最后一份礼物回来的。"大黑狼

说完转身离开了大门。他摘下了镀金的纸王

冠,很显然,他认为在这种场合下不需要再假

装成王子了。他把网兜搭到肩膀上,跑到

公路上去了。

波莉很想知道,第三份也就是最后一份礼物会是什么。她读过的故事书里,是提到过三份礼物的。可她猜不出大黑狼会选择什么作为礼物:如果是一个魔法戒指,或许会很有用;或者是能让人消失的隐身斗篷;最好是取之不尽的钱袋,不管你从里面取出多少钱,钱袋里总还是会留着一枚金币。"我可不希望他给我带来一位漂亮的公主,那样的话,我都不知道该拿她怎么办。"波莉想。

近一个星期之后,在一个美丽的阳光明媚的下午,波莉坐在花园前面的草地上,正在给一幅画中一条饥饿的龙和一个漂亮的公主涂颜色。

她听到篱笆那边传来了一种奇怪的声音。

她站起身，透过叶子和树枝向外看去。

大黑狼正站在外面的公路上，好像正和别人说着话。可是，波莉看不到和大黑狼说话的人。

"为什么不行呢？"大黑狼问。

没有回答。

"就这一次，我不会对你再有所请求了。"大黑狼说。

没有回答。

"是你欠我的，我买了你。我可是花了大价钱买了你，你是属于我的。你的职责就是去做我要你做的事。"大黑狼斥责道。

波莉慢慢靠近女贞树篱。大黑狼似乎正在和

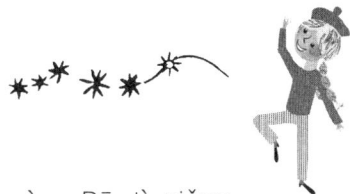

一个比他矮、只有路面那么高的人说话。波莉想，

也许大黑狼终于找到了世上最小的小狗。

可是波莉没有看到小狗。相反，她看到公路

上放着某个东西，有一张报纸大小，边缘已

经破损不堪，而且脏兮兮的。波莉再仔细看了看，发

现原来那是一块又旧又破的波斯地毯的一小片。

波莉看出上面有小树一样的图案、圆形的花

瓣、一条锯齿状的边线。

"我可以轻易地咬住你，把你撕成碎片。"大黑狼

愤怒地对地毯说。

地毯耸了耸肩。假如你从来不曾见过地毯

耸肩的话，我可以告诉你，那可是一个非常有表现

力的动作。

"我们今天早上只不过做了一次很短暂的旅行，你不可能就那么累了。"大黑狼恳求道。

地毯愤怒地摇了一下，仿佛在说："别再烦我了。"

波莉走到花园门口，依靠在门上。这样，她就可以看到大黑狼和地毯。而大黑狼，如果不算地毯的话，也可以看到她。

"出什么事了，大黑狼？"波莉问。

大黑狼捡起地毯，走近大门，把地毯一把摔在他面前尘土飞扬的路上。

"太恼人了。我设法找到了我许诺给你的第三件也是最后一件礼物。就是这块飞毯，或者说是原来飞毯的一部分。"

"不算很大。"波莉看着这块小小的正方形的

地毯，说。

"这就是问题所在。它声称自己不过是整块地毯的一小部分，所以它不能再像以前那样频繁、快速地飞行。"大黑狼说。

"它会飞吗？"波莉问。

"只有它想飞的时候才会飞。"

地毯皱了一下。

"不准嘲笑我。"大黑狼说着，踩上了一个愤怒的爪印。

地毯的褶皱变得更深了，它在无声的笑声中颤抖着。

"真是令人发疯！你……你这块普通的地毯！"大黑狼叫道。转瞬之间，地毯从地上飞了起来，

"啪"的一声，无比精准地打到了大黑狼的鼻子，同时打到大黑狼脸上的，还有大量的灰尘和地毯从地上卷起的小石块。

大黑狼又是咳嗽又是打喷嚏。地毯重新回到地面，扭动了一下，分明在说："你可要注意你的言行呢！"

大黑狼重新说了一次。

"我请求你的原谅。当然，我想说的是，你这块漂亮、优雅、聪明的地毯随时都可以飞到任何地方去。由于它老……我的意思是说，作为一块有着丰富经验和智慧的地毯，有时它需要安静地休息以保存魔力，你明白了吗？"

地毯在公路上舒展开来，一副自鸣得意的

样子。

“它和你一起飞去过什么地方吗?”波莉问道。

“当然,我不可能不先试一下飞毯就拿来送给你。我建议它带我离开地面。可是我做错了,不应该在厨房里做这个实验,天花板太低了。”大黑狼说着,摸了摸头顶。

地毯又皱了起来,很明显是想起了这件事而忍俊不禁。大黑狼只能假装没看见。

“从那以后,事情就没有那么容易了。这个吝啬鬼……这条漂亮的地毯无论何时都不再愿意带我去任何地方,完全不像它往日还是一块完整的飞毯时那样,我的意思是,当手边的这个宝贵东西是一整块的时候。你也许还记得,在《一千零一夜》里,

整块地毯会随人们的心愿,随时运送任意数量的人们去他们想去的地方,无论有多远。这块⋯⋯

这块珍贵的边角料显然太老、太疲倦了,不能以同样的方式回应人们的需求。它常常需要休息,事实上,它似乎一直都在休息,绝大多数时候啥事也不做。"大黑狼说着露出牙齿来,做出了一副可怕的样子。

地毯拱起来,准备扑向大黑狼的鼻子。

"我当然明白这一点,真正的魔法是很累人的。我们也不想让它过度劳累。"大黑狼匆忙补充道。

地毯再次舒展开来。

"但是,它的确是块飞毯,波莉。一块真正有魔

力的飞毯。你不能 说我没有履行自己的 承诺。我说过会给你带来三份礼物，我已经做到了。现在，我赢得你了。波莉，按照书上 的规则，你现在就是我的了。"大黑狼倚靠在花园的门 上，把他那又大又黑的爪子搭在波莉的肩上 。

"等一下，大黑狼。那三份礼物！我甚至都没有见到世上 最小的小狗。"波莉说。

"它实在太小了，你没有戴眼镜，所以没看见。"大黑狼说。

"我不需要戴眼镜。我没有看到它，是因为你根本就没有找到它。"

"可是，你听到它的声音了，我咽下它的时候它在狂吠。那次完全是个意外，它从坚果里出来的速

度太快，全是它的错。"

"我倒是听到你的嘴里发出噼里啪啦的声音。"波莉说。

"不是我发出来的，是它进入我的食道时发出的声音。"大黑狼说。

"而且，那些苹果也不是真正的金子做的。"波莉说。

"最好的黄金总是很软的，我想，是因为你没有把它们保存到完全成熟。你和你那可怕的妹妹一见到苹果，就迫不及待地把它们吃掉了，你们根本没有给苹果变成黄金的机会。贪婪是非常致命的。"大黑狼一本正经地说道。

"不管怎样，我不相信这块毛毯真的会飞。"波

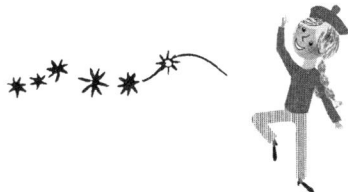

莉说。

"可是，你刚才看到它飞起来打到我的鼻子了呀。"

"有可能只是个花招而已。"

地毯的两个边角竖了起来，就像小狗头上竖

立着两只耳朵。

"你出来站上去，对它说：'我希望你带我到大

黑狼的厨房去。'你就会明白的。"大黑狼说。

"这没有什么意义呀，我很容易就可以走到

那儿……"

"按我说的做吧。"大黑狼热切地说，不过波莉毫

不理会。

"假如它是块真正的飞毯，就可以带我到世界的

另一头去。"波莉说。

"它可以做到。"

"我怎么知道它能做到呢?"波莉问。地毯扭动了一下,仿佛知道他们是在说它呢。

"试一下吧。你好好地求求它,我相信它会答应的,只要它不觉得太累。"

"如果我请求它,它果真把我带到世界的另一头,那么,我想我会在那儿待一阵子,四处看看。"波莉说。

"不能那样做,我需要你待在这里。"大黑狼说。

"你为何不请求它带你到别处去呢?那样的话,我就可以看出它是否是块神奇的飞毯了。"波莉提议说。

大黑狼走到地毯上,小心翼翼地盘腿坐在中

间。显然地毯有点小，他不得不把尾巴紧紧地夹住，

才能使自己整个待在地毯上，不让一点东西挂

在边缘。

"带我去厨房吧。"大黑狼说。

地毯纹丝不动。

"呃，好吧，求你了。"大黑狼说。

地毯扭动了一下。

"别那样，你在下面挠得我痒痒的。"大黑

狼说。

波莉等待着。

"我觉得它根本就不会飞。"波莉说。

"别这么说，这种话可能会伤害到它的感

情，上帝知道它又会有什么样的反应。你必须有

波莉 和 大饿狼的故事

礼貌，要像这样说：请漂亮、聪明、善良的地毯带我去……布莱顿。"大黑狼说。

地毯颤动了一下。

"我觉得它不想去布莱顿。也许是不喜欢沙滩上的鹅卵石，或者是害怕在海里被海水打湿。你为什么不提议让它带你去它自己想去的地方呢？比如它的家乡？"波莉提议。

大黑狼紧紧地盯着波莉。

"有时候，波莉，我觉得你也有点智慧的微光，你的建议不错。"大黑狼说。他温柔地拍了拍地毯，然后说："优雅、超能、天才、神奇的地毯，请满足我的这个愿望吧，我以后别无所求了。请带我一起飞往你的祖国，到波斯，到你的家乡去吧。"

一刹那，一阵白色的尘土扬起，伴随着一声尖叫，然后四周又回复寂静。波莉家花园门外的路上空无一人。尘土飞扬的地上有一小块方方正正、干干净净的地方，表明飞毯曾经躺在那里。

"我很想知道，"聪明的波莉说，"大黑狼要怎样才能从波斯回来呢？我很确定，飞毯是不会同意再送他回来的。"